호영

한국어와 영어를 오가며 번역하고 글을 쓴다.
이해를 초과하는 말, 말로 붙잡히지 않는 마음
으로 인해 변한다.

전 부 취 소

전 부 취 소

호 영 산 문

읻다

은혜

설 연휴, 논밭 사이로 단층 주택이 띄엄띄엄 보이는 농촌의
한 가정집 실내. 옥색 장판, 미닫이 유리문으로 된 현관.
문을 열고 들어오면 바로 오른편으로 밭이 내다보이는
거실 창이 있고, 창가에 늘어선 작은 나무와 화초가
겨울임에도 푸른빛을 뽐낸다. 왼편으로는 식탁과 부엌.
모델하우스에서 가져온 듯 화려하면서도 두툼한, 족히
20년은 사용해 흰색 페인트칠이 바랜 나무 식탁이 있다.
식탁 위 벽에는 기도하는 손을 그린 판화가 걸려 있고,
식탁 한쪽에는 견과류가 담긴 유리병, 먹다 남은 과일을
넣어둔 간장 종지, 누룽지를 담은 질그릇, 비타민 통 등이
줄지어 있다. 기도하는 손 아래 놓인 의자에 양반다리를
하고 앉아 과일을 집어 먹는 젤리, 맞은편에는 젤리가
가져온 케이크를 미심쩍은 표정으로 한 입 먹어보는 명,
그리고 둘 사이, 식탁의 짧은 면에 앉아 있는 건 와이다.
젤리는 후드티에 청바지를, 명은 팔꿈치가 늘어난 카디건
위로 기모 조끼를 입었고, 와이는 체크무늬의 플란넬

실내복 세트를 입고 있다. 셋은 젤리가 서울에서 사 온
케이크가 맛있다느니 별로라느니 말하면서 케이크와
과일과 누룽지를 먹다가, 젤리의 할머니이자 와이의
어머니인 명이 화장실을 간다며 엉거주춤 일어나 잠시
자리를 비운다.

와이   (젤리에게 몸을 기울여 속삭이며) 근데 네가
       남자도 아니고 여자도 아니면, 그러면 너는
       천사니?

젤리   (그 말을 단번에 알아듣고 고개 젖혀 웃는다) 하긴,
       성경 속에 성별이 없는 건 천사 아님 신밖에 없지?
       노아가 동물들 구조할 때도 암수 한 쌍 맞춰서
       태우고. (피식 웃으며) 그래그래, 맞아. 나 사람
       아니야.

와이   네 말을 듣고 생각해 보니 그게 떠오르더라구.
       그래, 근데 너는 어떻게 하나님이 주신 몸을
       네 마음대로 바꾸려고 하니. 몇 년 전에 너희
       할아버지가, 나 보디빌딩 한다고 밥도 안 먹고
       닭가슴살만 먹으니 "너는 어떻게 하나님이 주신
       몸에 그런 짓을 하느냐"고 물으셨거든. 그때 이런
       마음이었겠구나 싶어.

젤리   할아버지가 그런 말을 했어? 그때 엄마 하루에
       다섯 끼 전부 닭가슴살이랑 단백질 셰이크만

먹었잖아. 그래서 엄마는 뭐라고 했는데?

와이   그 말을 듣고선 바로 '헉' 했다 나는.

젤리   '헉' 하고도 계속 닭가슴살 먹고 대회 나가서 상 탔잖아.

와이   그랬지. 그랬지만 적어도 나는… 나는 건강해졌잖아. 나는 그때 만든 근육으로 지금도 허리 꼿꼿해, 알지? 근데 너는 왜 네 몸을 의사들 실험체로 쓰냐는 말이야. 호르몬치료, 그게 치료니? 요법이라고 해야 맞지. 그거는 임상 연구도 부족하고 그걸 해서 무슨 일이 생길지 어떻게 알아.

젤리   실험체? 난 그렇게 생각해 본 적 없어. 차라리 내가 의사들을 꾀어서 호르몬을 빼돌렸으면 빼돌렸지.

와이   아프지 않아?

젤리   하나도. 나 태어나서 이렇게 건강했던 적이 없어.

와이   그래도, 그걸 하면… 그래서 너는 어떻게 되고 싶은 건데. 남자 50, 여자 50 그런 거야?

젤리   그게 뭔지 엄마는 상상이 가? 나는 남자가 뭐고 여자가 뭔지 잘 모르겠어. 그냥 편해지고 싶어. 나 그거 해봤어, 엄마가 말한 거. 나 혼자만 마음속으로 내가 누군지 알고 사는 거. 그걸 십몇 년 해봤는데, 사람들은 나를 여자로만 본다고. 이

세상에 젠더라는 게 없고, 내가 사회에서 살아가지
않아도 된다면, 그냥 마음속으로 내가 누군지 알면
되지. 그렇지만 평생 사람들을 만나면서 살아야
하잖아. 그런데 아무도 내가 누군지 모르는 건
내가 한없이 작아지는 일이야. 이제 그렇게 못
살겠다고 생각한 거야.

와이 …너는 인생에서 네가 제일 중요하지.

젤리 (얼굴을 찌푸리며) 뭐야 그게. 성소수자들한테
이기적으로 굴지 말라는 말 같아. 연애하더라도
아무도 안 보는 곳에 가서 하고, 성소수자인 거 티
내지 말고 살라는 말 다들 잘도 하더라.

와이 야, 나는 그런 뜻으로 말한 거 아니다. 너 내가
기독교라고 태극기부대, 뭐 혐오 세력, 그런
사람들이랑 같은 취급 하는 거 아니지?

젤리 아이고, 알아요 나도. 그렇게 생각 안 해.

와이 내가 아는 하나님은 사랑의 하나님이셔. 너는
아니? 우리 교인들은 지옥이 있다고 생각하지
않는다. 죄지었다고 영생을 고통받으면서 살게
하는 게, 그게 사랑이겠니. (잠시 침묵) 내가 하고
싶은 말은 그러니까, 인간으로서는 이해할 수 없는
섭리가 있다는 거야. 신의 사랑이 있다는 거야.
나도 그걸 아주 늦게 깨우쳤지. 그래서 더더욱
신과 나의 관계는 그 누구도 끼어들 수 없고

스스로 찾아가는 것이라고 생각해. 그런데 네가 그
관계를 상상조차 하지 않는 것 같아서 그게… 그게
마음이 아프다고.

젤리   신도 배우자도 자식도 없이 고양이랑 사는 애가,
이제는 돈 내고 호르몬주사 맞으면서 엄마가
모르는 세계로 가는 게 무서운 거잖아.

와이   내가 너 미국서 대학 졸업하고 한국 돌아온다고
했을 때부터 반대했잖아…. 그냥 여자로도 살기
힘든 나란데 어쩌려고 그래.

젤리   그냥 여자로 살기 힘든 거 플러스, 365일 나를
최소한으로 작게 접어서 손톱만큼도 드러내지
않고, 아무도 나를 모르고 나조차도 나를 알지
못하게 감춘 채로 사는 게 힘들었어. 내가 뭘
원하는지, 꿈이 뭔지, 그런 걸 생각하기 전에
어떻게 하면 누구 눈에도 띄지 않고 적당히 살아갈
수 있을까 생각했다고.

와이   누구 눈에도 띄지 않고 싶은 사람이 머리카락을
마녀같이 새하얗게 새파랗게 염색하고 그러냐?

젤리   (당황한 걸 들키지 않으려 마른세수를 하고 깍지 낀
손을 뒤통수에 받친다. 그 과정에서 액자를 건드려
기도하는 손이 삐뚤어진다) …발버둥 쳐본 거지.
아니 그리고 엄마는 성형수술했잖아, 그렇게 몸을
바꾸는 거랑 내가 호르몬치료 받아서 몸 바꾸는

12

거랑 뭐가 그렇게 달라.

와이   그건 미용 목적이잖아.

젤리   어이구, 적어도 구분은 하시네요. 안 그래도
       트랜스젠더 의료권 얘기할 때 트랜스젠더가
       자궁이나 가슴 떼는 수술을 받는 건 미용 목적이
       아니라 살기 위해서 하는 거라고 말해.

와이   (깜짝 놀란 표정으로) 너, 자궁 수술할 거야?

젤리   가슴은 안 물어보네. 유전자 덕분에 워낙 작아서
       천만다행이야. 고마워 엄마.

와이   자궁 수술은 장기 하나 들어내는 거야. 엄마 친구
       은선이 알지? 은선이도 폐경 오고 수술한 다음에
       엄청 고생했어. 그거 간단한 수술 아니야.

젤리   알아, 아직 나 거기까지 가지도 않았어.

와이   너 전에 폐 수술했을 때, 나는 그때부터 너를
       살려만 달라고 하나님께 빌었어. 내 핸드폰에 너
       뭐라고 저장돼 있는지 알지? 은혜. 나는 네가 여기
       있는 게 그냥 감사할 뿐이다.

젤리   감사한데 하나님도 모르는… 모른 척하는
       천치여서 답답해?

와이   답답한 게 아니라… 너무 슬퍼, 나는…(이미
       눈물이 고이기 시작한다) 자다가도 깨서 울어.

젤리   아이 씨… 그만해 좀. 내가 웃긴 거 말해줄까? 나
       호르몬 시작하고부터 눈물이 안 나.

와이   (정신이 번쩍 들며) 뭐? 그거 어디 아파서
      그런 거 아냐? 야, 그러고 보니 눈 옆에 이거
      뭐야,(집게손가락을 들어 조심스럽게 젤리의
      눈가에 가져간다) 볼록 튀어나온 거.

젤리   (손사래를 치며) 여드름이에요, 여드름. 피부과
      가서 떼면 돼. 근데 진짜 웃기지 않아?《화성에서
      온 남자 금성에서 온 여자》뭐 그런 책에서 남자
      여자 뇌가 다르다느니 어쩌고저쩌고하는데, 진짜
      호르몬 영향이 있긴 한가 봐. 엄마도 알고 보면
      테스토스테론 수치가 높은 걸 수도 있어. 원래
      눈물이 없었다가 요새 좀 울잖아? 그거 완경기
      돼서 호르몬 오락가락하니까 그런 거 아냐?

이때 명이 상의를 여미면서 부엌으로 들어온다.

명   야, 너희들 얼른 산책 갔다 와라. 해 지면 춥다.
와이   엄마도 같이 가요, 그러면.
명   나는 아까 갔어. 그리고 저기 박 집사님한테 떡 좀
      갖다드리고 와.
젤리   박 집사님이 전에 쌀 주신 분이죠? 저 그 쌀
      아직도 잘 먹고 있어요.
명   그래. 니가 밥을 해 먹어서 아주 기특해. 느이
      엄마는 맨날 뭐 야채나 구워 먹고 밥을 못하잖니.

14

아무리 내가 여자라고 무조건 밥하는 거 아니라고
가르쳤어도, 으휴.

와이   (지겹다는 듯) 그게 다 관심이 있어야 하는
       거라니까. 같은 배에서 나왔어도 막내는 요리
       잘하잖아요.

명   (무시하며) 젤리 너 김치 가져갈래?

젤리   당연하죠. 저 통도 다 가져왔어요.

명   (무릎을 치며 웃는다) 니가 느이 엄마보다 실속이
       있어. 으이구, 이제 교회만 나가면 좀 좋아? 가서
       좋은 사람도 만나고, 내가 느이 서울 집 근처
       교회도 다 알아봤… 응? 근데 저 액자는 왜 저래?
       누가 건드렸냐?

와이   얘가 기지개 켜다가.

젤리   (고갤 돌려 액자를 보며) 아 그렇네. (액자의
       수평을 맞춘다) 이제 맞아요?

명   응. 키가 커져서 그런가? 서른 넘은 애가 아직도
       키가 크는 거 같애. (젤리의 얼굴을 들여다보더니,
       방긋 웃는다) 얼굴도 좋아졌어. 눈썹이 진해지고
       이마가 훤하네 오늘.

젤리   (웃으며) 그래요? 하나님한테 감사해야겠네. 우리
       할머니 아직 안 데려가셔서 그 은혜로 내가 잘
       먹고 잘 살아.

호 박 잎
같 은
사 랑

엄마는 나를 임신했을 때 호박잎이 먹고 싶었다고 한다.
'다른 집 애들은 고기니 과일이니 하는데 너는 어째 애기
때부터' 하고 웃는 게 이 이야기의 후렴구다. 가장 잘하는
요리가 현미밥이나 양배추찜 같은 것인 엄마가 스스로
호박잎을 해 먹었을 리 없다. 당시 걸어서 5분 거리에
살았다던 할머니가 시장에 가서 호박잎 한 단 떼다 그걸
쪄서 먹였을 것이다.

할머니는 내가 엄마의 몸에서 나온 이후로도 나에게
호박잎을 먹여주었다. 초등학생 때 할머니 댁에 놀러
가면 엄마와 할아버지가 식탁에서 회사 얘기를 하는
동안 할머니와 나는 소파 앞에 방석 깔고 앉아 호박잎을
다듬었다. 분홍색 보자기 위에 목이 길고 폭은 넓은
이파리들을 펼쳐놓고 할머니는 한쪽 무릎을 구부려
앉았다. 가슴팍을 무릎에 기댄 채 손가락으로는
호박잎 줄기를 결 반대로 꺾어 나풀나풀 기다란 심을

거둬냈다. "식당에서 먹으면 이런 거 구찮아서 안
뜯는다구. 할머니니까 일일이 다 다듬지." 그렇게 해서
보자기 한쪽에는 곱슬거리는 연둣빛 실이, 그 옆에는
단정히 포개진 잎이 모이면, 영차, 바닥을 밀고 자리에서
일어났다. 그 잎을 쪄서 물기를 꼭 짜낸 것에 강된장을
얹으면 밥을 두 공기 세 공기도 먹을 수 있었다. 갓 쪄낸
호박잎은 혀를 간질이는 솜털이 돋아 있어도 보들보들
밥을 감쌌다. 이 사이에 걸리는 일 없이 이파리 결대로
뜯어졌다.

내가 식탁 의자에 앉아 한쪽 무릎을 구부리고 호박잎을
입안에 밀어 넣으면, 할머니는 "어째 본 적도 없는
증조할머니처럼 앉냐" 하고 신기해했다. 그렇게 웅크리고
앉으라고 만들어진 몸 같아서, 할머니와 식탁에서 땅콩
껍질을 까거나, 내가 가져온 단팥빵을 팥소만 떼어 먹는
할머니를 보거나, 새로 담근 김치를 한입 가득 먹을
때 그렇게 몸을 접고 있었다. 할머니네 집에서, 할머니
앞에서 하던 버릇이 우리 집에 돌아와 밥 먹을 때도, 책상
앞에서도 나와서 지금의 몸이 되었다.

얼마 전에는 친구가 시장에서 호박잎을 처음 사봤다며
집으로 초대해 주었다. 라디오 틀어놓고 호박잎을
손질했는데 시간이 훌쩍 가더라고, 갓 지은 밥을 푸면서

이야기했다. 찌기 전에는 대야 한가득이었는데 물기
짜내고 나니 한 주먹거리. 보송하다 못해 이게 찐
음식인지도 헷갈리는 호박잎을 하나로 엉킨 데서 떼어내
먹으며 할머니와 먹던 촉촉한 호박잎을 떠올렸다. 내가
젓가락질 못하던 시절에는 그 잎이 찢어진 구석 하나 없이
접시에 펼쳐져 있었고 나는 그 위에 밥 한 덩이 올려 잎의
귀퉁이를 보자기처럼 덮어놓고는 예쁘다고 좋아했다.
지금도 밥 먹는 속도가 느린데, 그 시절에는 둘이 밥
먹으면 한 시간은 예사롭게 넘겼다고 한다.

그날 친구 덕분에 몇 년 만에 호박잎을 먹었다. 그러고
보니 혼자서 호박잎을 해 먹은 적이 없다는 걸 깨달았다.
애기 때 입맛이 어디 안 간다고, 여전히 나는 한 대야
사도 다듬어 익히면 한 줌인 음식을 제일 좋아한다. 몇
년 전까지만 해도 할머니에게 언제쯤 가겠다고 연락하고
밤이든 낮이든 도착하면 밥에 나물부터 먹었다. 취나물,
고사리, 그런 건 할머니가 무칠 때 옆에서 지켜보고
집에서도 해봤는데, 그 맛이 아니었다. 할머니가 매년
만들곤 했던 물김치, 오이김치, 머위장아찌 같은 건 시도해
보지도 않았다. 전에 할머니에게 요리하는 건 누구한테
배웠는지 물어봤더니 "그냥 혼자 해 버릇하면서 배웠어.
열무 나면 김치 해보고, 누가 이렇게 하면 맛있다더라 하면
또 해보고"라고 했다. 할머니가 화장대 겸 책상으로 쓰는

선반 위에는 늘 이면지 뭉치가 있는데 거기엔 요즘 외는 성경 구절 필사가 반, 테레비 보다 친구와 전화하다 적은 각종 생활 정보가 반이다. 내가 반찬 먹다가 눈을 크게 뜨면 할머니는 슬며시 웃으면서 "그게 내가 이번에" 하고 비법을 알려주었다.

호박잎? 호박잎이 알려줄 게 뭐가 있어. 너무 큰 잎 쓰면 거칠거칠하고 작은 잎 쓰면 뭉크러지니까, 적당히 손바닥만 한 걸로 고르고. 이파리 줄기가 너무 길어도 먹기 불편하니까 잘라놔. 그런데 너무 짧게 자르면 그 질긴 거를 못 떼내. 그거 뭐라고 하냐. 실 같은 거 있지? 그걸 잘 발라내야 먹을 때 보드랍고 좋지. 찔 때는 그 찰각찰각하는 찜통 있잖어. 그거 펼치고 면보를 하나 깔아서 그 우에 올리고 찌라구. 그리고 조금 식혔다가 물기를 꼭 짜요. 너는 할머니보다 힘이 좋으니까 잘할 거야. 그리고 강된장이랑 밥이랑 먹으면 맛있지. 강된장 어떻게 하냐구? 강된장은….

여기까지 쓰고 할머니에게 전화를 걸었다. 할머니가 할 말은 아마 이렇겠지, 대략 적어놓고 살을 붙일 생각이었다. 얼른 글을 완성하고 싶어서 초조했다. 교회 예배가 끝났을 시간인데 연결이 안 되어 기다리다 두 시간쯤 뒤에 통화할 수 있었는데, 다른 신도들과 점심도 먹고 이것저것 챙기느라 바쁜 눈치였다. 점심 먹었냐고 묻길래 김치찌개

끓여 먹었다고 보고하고 바로 호박잎 찌는 건 어떻게
하냐고 물었다.

호박잎 다듬는 거 알지? 그 줄기 있잖아? 그걸 쪼끔씩
쪼끔씩 붙잡고 쭉 끝에까지 내려가. 사방으루. 그러면
그 껍데기가 까져. 깨끗이 씻어가지고. 그러고 난 담에,
솥에다가 물 쪼끔 넣구. 삼발이라는 거 알어? 구녕 숭숭
뚫린 거. 그걸 그 솥에다 넣구. 호박잎 물기 있는 거를
거기다 집어너. 그러고 불을 켜. (근데 면보 같은 거 안
깔아도 돼?) 안 해두 돼. 하지 말구, 그냥 쪄. (줄기는?
줄기 잘라야 되는 거 아니에요?) 줄기? 길어두 괜찮어.
된장 쌈 싸 먹듯이 그것도 같이 먹으면 되는 거야. 줄기
있는 데를 이렇게 사분의 일씩. 줄기가 똥그랗지. 그걸
사분의 일씩 쭉 — 아래까지 가. 호박잎 손바닥만 한 거
잡고 사등분했잖어? 우에 그 똥그란 거를. 그걸 쭉 내려봐.
그러면 실 같은 게 달라붙어서 내려와.

물을 한 공기 정도 솥에 붓고. 채반 넣구. 호박 씻은 거
이파리 그걸 물 묻은 채로. 물 뺄려고 애쓰지 말고 채반
위에다 올려놓고 불 켜. 그러고 물이 펄펄 끓고, 김이 막
올라오니까. 그러고 한 10분 있다가 끄면은 다 익을 거야.
그러면 다 됐어. (아니 호박잎 짜야 되지 않아요?) 응?
뭐라고? (꼭 짜야 되는 거 아니에요?) 뭘 짜. 채반 구녕

숭숭 뚫린 거 있지? 오그렸다 폈다 하는 거 채반. 그거를
솥에다 물 한 컵 집어는 다음에. 그러면 채반이 붕 뜰 거
아냐. 거기다 호박잎을 올려놔. 그러고 10분. 꺼. 젓가락으로
끄내서 접시에다 놓으면 돼. 됐지? 끊어.

핸드폰을 귀와 어깨 사이에 끼고 타이핑하느라 애먹는
동안 할머니는 호박잎 조리법을 우르르 읊었고, 내 기억과
다르게 호박잎은 찌고 나서 꼭 짜야 할 필요가 없었다. 몇
달 전에 할머니를 만나러 갔을 때 부엌칼을 들고 떠는 그의
손을 보면서 눈물이 날 것 같았는데(이제 할머니는 호박잎
짜는 것도 어렵지 않을까?) 애초에 호박잎은 손질이
귀찮아서 그렇지 악력이 많이 필요한 채소가 아니었던
것이다. 잎을 짜서 물기를 빼지 않으니 잎이 찢어질 일도
없었고. 똥그란 줄기를 사분의 일로 나누라는 말은 처음엔
무슨 소린지 몰랐는데, 두 번째 들으면서는 호박잎 줄기를
아래로 내려가며 다듬었던 기억이 났다. 줄기도 먹을 수
있는 거니까 끄트머리를 너무 넉넉히 꺾으면 아깝다고
생각한 것도.

할머니의 머릿속에 나는 채반이 뭔지 모를 수도 있는
어린이로 남아 있는 것 같다. 혼자 밥 챙겨 먹은 지 10년이
넘었는데도, 스스로 먹고 입고 씻을 수 없어 하나하나
할머니의 손이 가던 아기가 기억 속에 깊이 자리 잡았나

보다. 나 역시 여전히 할머니를 나물 반찬 먹이고 해수욕장 데려가고 교회 사람들 성대모사로 웃기던 사람으로 가장 또렷하게 기억하고 있다. 할머니에게는 나의 할머니라는 역할 외에도 겹겹의 삶이 있다는 걸 종종 잊는다. 할머니를 두세 달에 겨우 한 번 만나러 가면서, 점점 나보다 작아지는 체구, 떨리는 손, 씩씩한 볼륨으로 말해야만 들을 수 있는 귀, 그런 징조들을 슬퍼하기나 했다. 사실 매일의 변화를 가장 뚜렷하게 감지하는 건 당신일 텐데도. 작년에 할머니는 내 말이 잘 안 들리면 "할머니가 이제 귀가 많이 갔어" 하고 쓸쓸한 표정을 지었는데, 올해는 저녁에 뭘 먹으려고 했는지 기억나지 않으면 슬쩍 웃고 같이 사는 본인 딸에게 "너 먹고 싶은 거 먹자"고 바통 터치 하는 사람이 되었다. 나는 이런 변화를 엄마에게서 전해 듣고 퇴근길 버스에서 주룩주룩 울곤 했지만, 호박잎 어떻게 해 먹느냐는 질문에 대수롭지 않게 대답하고는 바쁘니까 전화 끊자는 할머니의 목소리에 픽 웃을 수밖에 없었다.

호박잎 찌는 건 딱 그만큼 어렵다. 할머니가 언젠가는 내 곁에 없을 거란 걸 이해하는 것만큼. 그날이 오기 전에 언제든 할머니를 만나러 가면 된다는 걸 기억하는 것만큼. 순하고 연한 것 먹여 보살필 테니, 우리에게 꼭 필요한 아이가 태어나게 해달라고 기도하는 일만큼.

생일,
기일

내가 기억하는 첫 생일날, 할머니는 초등학교에 갓 입학한
나를 위해 파티를 열어주셨다. 나는 할머니가 남편처럼
의지하는 첫째 딸의 첫 아이이고 할머니는 내가 태어나기
전부터 '이 가정에 꼭 필요한 아이를 주십시오' 기도하며
나를 기다린 사람이다. 내가 태어난 후로는 일하느라
바쁜 부모 대신 돌봐줄 사람을 간절히 필요로 하는 나를
먹이고 입히고 씻겼으며, 무릎에 앉힌 채 운전해 시장도
가고 교회도 다녔다. 할머니 밥을 먹고 자란 덕분에 여전히
나는 토란국, 나박김치, 취나물처럼 참하고 슴슴한 음식을
먹을 때 진정 허기가 가신다고 느낀다. 할머니는 나를
키우면서 달고 짠 음식은 일절 먹이지 않았다고, 다른 집
아이들은 울기 시작하면 빨리 달래느라 사탕을 물려줬지만
호영이는 유치원 들어가서 선생님이 준 초콜릿이 처음
먹어본 과자였다고 자랑한다. 그런 할머니가 나의 첫 생일
파티를 위해 만든 음식은 콩국수였다.
나는 깡똥한 단발머리를 하고 앞니가 있던 자리를 혀로

막아보던 그때나, 더벅머리에 치과 진료비는 스스로
내게 된 지금이나 콩국수를 좋아하지만, 여덟 살 호영이
용기 내어 집으로 초대한 친구들은 달랐다. 할머니가
내 생일이 되기 며칠 전부터 시장에 나가 콩을 고르고,
새벽같이 일어나 간택된 씨앗들을 맑은 물에 씻고,
동글동글 알갱이가 삶아지는 내내 끓어오르는 거품을
걷어내고, 믹서기에 콩을 곱게 가는 것을 나는 봤지만, 내
친구들은 자기 앞에 놓인 대접 가득 담긴 멀건 국물밖에
보지 못했다. 채 썬 오이와 삶은 달걀을 올리긴 했어도
잔재주 없이 부옇고 맹한 콩국수. 그걸 앞에 둔 아이들은
숟가락으로 국물 안에 뭐가 들었는지 휘저어 보거나 국수
한두 가닥을 입가로 가져갔다가 이내 수저를 내려놓았다.
새 학기가 시작된 지 얼마 되지 않아 아직 별로 친하지도
않은, 리본 달린 머리띠를 쓰거나 빨갛고 파란 캐릭터
스웨터 같은 걸 입고 온 애들이었다.

나는 내가 세상에서 제일 좋아하는 할머니 음식을 먹을 줄
모르는 아이들이 미웠다. 젓가락질도, 대화도 멈춘 상을
지켜보던 할머니는 "맛도 모르는구나, 느이는" 하고 혀를
차며 무거운 그릇을 거두어 갔다. 그러고는 이모였나, 그
자리에 있던 다른 어른을 시켜 '애들 좋아하는 것'을 사
오게 했다. 햄버거가 도착하자 아이들은 알록달록한 종이
포장지를 단숨에 뜯고 빵 덩이를 와구와구 먹었다. 그다음
우리는 벽에 붙인 당나귀 그림에 눈 감고 꼬리 붙이기,

색깔 카드를 많이 모은 다음 종 울리기 같은 요란한 게임을
했다.

사람들 앞에서 이 기억을 펼쳐 보일 때마다, 이야기
속 어린이 호영은 제 몫의 콩국수 앞에서 얼굴이
붉으락푸르락하다 벌떡 일어난다. 그러고는 고함을
지른다. "너네는 다 바보 멍청이야! 왜 우리 할머니가
만든 콩국수 안 먹냐고, 이게 얼마나 맛있는데!!!"
그러면 이야기 속의 할머니는 "됐다, 야단하지 마라,
친구랑 사이좋게 지내야지" 하고 나를 말리지만, 남은
국수를 쟁반에 담으면서 "이 콩이 얼마나 좋은 건데
말이야"라던가, "너네 이거 돈 주고도 못 먹어!"라고 몇
마디 얹으며 부엌으로 등을 돌리는 것이다. 실제로 내가
그날 아직 호불호를 적당히 숨기는 법을 터득하지 못한
어린이 손님들에게 나 또한 예의범절이라는 걸 습득하지
못한 어린이처럼 호통을 쳤는지는 확실치 않다. 그러나
여태 내가 이 이야기 속 호영을 콩국수 파이터로 그려온
건, 내가 그 순간 처음으로 할머니를 부끄러워했다는 걸
숨기고 싶기 때문이다. 그날 나는 아이들이 밉지만은
않았다. 동시에 모두를 내쫓고 상다리가 부러지게 난동을
피우고 싶었다. 너네는 내 생일인데 왜 나처럼 콩국수를
좋아하지 않아? 그리고 할머니는 왜 나 말고 다른 애들은
콩국수 안 좋아하는 걸 몰랐냐고! 그렇지만 그렇게 해서는
당연히 안 되는 일이었다. 그런 생각조차 들어서는 안

됐다. 여기서 의젓하고 착한 어린이가 느껴야 하는 감정은
감사함과 괜찮음이었다. 괜찮음이라는 감정. 오케이.
파티가 계속될 수 있도록 웃고 떠들어야 한다는 것을 나는
이미 알고 있었다.

어린이 호영은 지금이라도 그 콩국수 헤이터 꼬맹이들의
이마에 딱밤을 날리고 싶어 한다. 아니, 뒤통수를 잡고
그대로 콩국수 사발에 얼굴을 처박고 싶어 한다. 아니,
박치기를 해서 쓰러뜨린 다음 머리털을 한 움큼씩 뽑고
주먹질을 하고 싶어 한다. 그러고선 생일 파티 같은 거
하고 싶지도 않았는데 할머니 때문에 이렇게 된 거라고,
거실 바닥에 엎드린 채 할머니가 세상에서 제일 밉다고
악을 쓰며 엉엉 울고 싶어 한다.

호영. 이제 그렇게 해.

눈물과 콧물 범벅이 된 호영이 나에게 온다. 생일이라고
특별히 고른 헬로키티 머리띠는 구슬 장식이 다 떨어진 지
오래다. 호영의 입가에는 피와 살점이 붙어 있다. 나, 걔네
다 물어뜯었어. 호영이 다시 눈물을 뚝뚝 흘리며 말한다.
생일인데 옷도 다 더러워졌어.
잘했어, 호영. 나는 호영과 눈을 맞추기 위해 바닥에
무릎을 꿇고 말한다. 고생했어.
진짜? 흐어어엉 목 놓아 울던 호영이 피투성이 손등으로

눈물을 닦는다. 나 잘못한 거 아니야?

잘못한 거 아니야. 잘못한 거 하나도 없어.

그럼, 호영은 눈을 동그랗게 뜨고 발갛게 물든 얼굴로
묻는다. 나 더 해도 돼?

정 확 한

사 랑

"'안드레아'로 불리던 사촌은 몸의 변화를 겪으면서, 스스로
'남자아이' 같다고 느끼면서, 자신과 비슷해 보이는 경험을
한 사람들이 나오는 다큐멘터리를 보면서, '트랜스'라는
말이 자신을 잘 설명해 준다는 것을 깨닫게 된다. 어느
크리스마스 파티 날, 그는 감독에게 자신을 '다비드'로
소개하며 연이어 다른 가족들에게도 모두 그와 같이
이야기한다. 그리고 선포한다. 온 세상에 자신을 그렇게
소개하겠노라고. […] 나를 새로운 이름으로 불러달라는
요청은 '정확하게 사랑받고 싶다'는 표현이기도 하다."[1]

"가장 우스꽝스럽고 기괴한 사람이야말로 사랑의 기폭제가
될 수 있다. […] 가장 무난한 사람이야말로 늪에 핀
독백합처럼 제멋대로이고, 호화롭고, 아름다운 사랑의
대상이 될 수 있다. 어떤 선한 사람은 사랑에 빠진 이를
폭력적이면서도 저급하게
무너뜨리는 사랑을 촉발할 수

1 서울인권영화제, 〈바스티안〉
프로그램 노트.

있으며, 하소연하는 미치광이는 누군가의 영혼에 보드랍고
단순한 평온을 가져다줄 수 있다. 그러므로, 그 어떤
사랑이든 사랑의 가치와 질은 사랑하는 이 자신만이 결정할
수 있다.
이 때문에 우리 중 대다수는 사랑받기보다는 차라리
사랑하기를 원한다. 거의 모든 사람이 사랑하는 이가
되고 싶어 한다. 그리고 따끔한 진실은, 깊이 스며 있는
비밀은, 사랑받는 일은 많은 이들에게 견딜 수 없는 상태란
것이다."[2]

어릴 적, 남동생과 함께 돌아다니면 이름이 바뀌어 불리곤
했다. "어, 네가 ○○니?" "아니요, 저는 호영이에요."
"네가? 왜 남자 이름을 했냐. 허, 여자애 이름을 씩씩하게
지어놨네."
친가에서 나와 같은 항렬인 여자아이들은 '−영'자 돌림,
남자아이들은 '민'자 돌림이어서 우리들의 이름은 이미
한 글자씩 준비되어 있었다. 그 글자들을 가지고 우리의
이름을 지은 엄마는, 어떤 규칙으로부터 최대한 멀리
달려나간 것 아닐까 생각한다.
바싹 마른 운동장에 우뚝 서
있는 철봉, 철봉에 묶인 고무줄.
고무줄 끝에 묶인 엄마, 땡볕
속에서 달음박질치는 엄마. 그

2 Carson McCullers, 《The Ballad
of the Sad Café and Other Stories》,
(Houghton Mifflin Harcourt,
2005)를 오역. 카슨 매컬러스,
《슬픈 카페의 노래》, 장영희
옮김(열림원, 2014년), 51~52쪽
참고.

글자들을 쥐고 나와 동생의 이름을 고르면서, 엄마는
우리가 이름에서 성별이 연상되지 않는, 성별 때문에
차별받지 않는 세상에서 자라기를 바랐다고 했다.

그래서 어릴 적부터 내 이름을 좋아했다. 동시에 어떤
억울함을 타고났는지도 모르겠다. 오해를 불러일으키는
이름, 아무나 알 수 없는 소원이 담긴 이름. 많은
트랜스젠더들은 트랜지션하기 전에 사용하던 이름을 '죽은
이름'이라고 부른다. 주어진 이름이 아닌 스스로 선택한
이름으로 다시 태어난다. 이름을 바꿀 생각이 없는 나에게는
이 이름에 자꾸만 새로운 경험을 덧대는 과정이 필요하다.

"엄마, 저거 뭐야?" 여섯 살쯤 되어 보이는 아이가, 버스
정류장에 앉아 있는 나를 보고 말했다. 질문을 받은 어른은
얼른 손사래 치며 "언니야"라고 말했지만 나는 그 순간이
무척 기뻤다. 나의 모호함을 뾰족하게 감지하는 아이들.
내가 있다는 걸 알아차리는 아이들.

저는 여자도 남자도 아니에요. 어디에도 속하고 싶지
않아요. 근데 왜 호르몬 하는 거예요? 그냥 사는 사람도
많은데. 더 애매해지고 싶어서요. 매끈하게 구분되고 싶지
않아서요. 왜 일부러 어렵게 살아요? 그게 제가 정확해지는
방법이어서요.

그런데, 나는 언제쯤 내가 무엇인지 알 수 있어요?
그걸 아는 사람이 나 말고도 생기면, 그럼 나는
편안해질까요?

환 장

"어쩌면 번역은 전혀 다른 것일지도 몰랐다. 이를테면
변신 같은. 단어가 변신하고 이야기가 변신해서 새로운
모습으로 바뀐다. 그리고 마치 처음부터 그런 모습인 양
아무렇지 않은 얼굴을 하고 늘어선다. 이렇게 하지 못하는
나는 분명히 서투른 번역가다. 나는 말보다 내가 먼저
변신할까 봐 몹시 무서울 때가 있다."[3]

젤리는 녹음기를 켜기 전에 목을 가다듬었다. 아아 —
음. 오늘의 목소리는 어제와 또 달라서, 젤리는 자기
입에서 밀려 나오는 말들을 들으며 픽 웃었다. 얼마 전에
친구와 통화하다 들은 말이 생각나서였다. 야, 너 목소리
더 동성애자 같아졌어. 오늘 젤리는 몇 달 전에 번역한
소설을 낭독하기로 되어 있었다. 그 소설을 번역하는 건
묘한 경험이었는데, 그 작업은   3 다와다 요코, 《글자를
번역이라기보다 녹취를 푸는   옮기는 사람》, 유라주
                                                  옮김(워크룸프레스, 2021년),
행위처럼 느껴졌기 때문이다.   23쪽.

33

평소 젤리는 출발어의 문장을 도착어의 세계에서
어떻게 재구성해야 할지 도무지 알 수 없는 이야기에
목덜미를 붙잡히곤 했다. 그건 맹세코 젤리가 낚기 쉬운
마조히스트여서가 아니고, 변신한 모습이 곧장 떠오르지
않는 말들이 젤리의 눈가에 눌러앉기 때문이었다. 예를
들어 "사는 일이 얼마나 환장할 일인지"[4]라는 문장은
한동안 젤리의 눈물샘에 꼬리를 건 채 대롱거렸다. 바람
불면 핑그르르 도는 어절들, 모로 누우면 아래 눈으로
드리우는 멍울이 거슬려 눈을 하도 비비다 보니 점막이
닳을 지경이었다. 환장. 환장하겠다는 말은 도착어로
뭐라고 하지? 그나저나 환장한다는 건 정확히 무슨
뜻이지? 젤리는 힌트를 얻기 위해 표준국어대사전
웹사이트로 흘러들어 갔다.

환장(換腸 ▼)

換	腸
바꿀 환	창자 장
부수 手/총획 12	부수 肉/총획 13

1. 마음이나 행동 따위가 비정상적인 상태로 달라짐.
2. 어떤 것에 지나치게 몰두하여 정신을 못 차리는 지경이
됨을 속되게 이르는 말.

4 허연, 《불온한 검은 피》,
민음사, 2014년, 17쪽.

창자 정도는 바꿔줘야 마음이 달라지는구나 —
비정상적으로. 내장이 뒤틀리는 것도 모를 정도로 흠씬
빠져야 정신이 나갔다 하는구나 — 속되게. 생각해
보면 당연한 것을 알게 되자 "사는 일이 얼마나 환장할
일인지"는 점점 몸을 늘이기 시작했다. 실낱같이 얇아지고
젤리의 키만큼 길어지자 그것은 뿍, 하는 소리와 함께
사라졌다.

다시 말해, 보통 젤리가 뿌리치지 못하는 이야기들은
이런 식으로 자꾸만 젤리의 주위를 맴돌며 눈알을 굴리게
만드는 것들이다. 그런데 오늘 낭독하기로 한 소설은
젤리의 동공에 착지하면서부터 네발로 내달리기 시작해
머릿속에서 이미 도착어로 말을 했던 것이다. 목소리를
믿어도 될까? 그런 경험은 처음이라 의심부터 들었지만,
이야기가 너무도 당당하게 말하고 있었기에 젤리는 그걸
받아쓸 수밖에 없었다. 도착어로 변신한 소설은 자신의
원형보다도 능청스러운 얼굴을 하고 있었다. "부작용은
적고 효과는 세 배인 꿈의 약물"[5]이란 말이 꿈을 태운
배와 같은 약이 되어 있다거나, "콩깍지에 씌었다가
드디어 정신을 차렸다"는 표현은 마침내 눈에서 비늘이
떨어졌다는 몸으로 나타난 것이다. 물론 그것들은 모두
도착어의 관용구라서, 젤리가
아닌 다른 누군가의 눈동자와

5 정지돈, 《…스크롤!》, 민음사,
2022년, 9쪽.

점막과 창자를 통해서도 일어날 수 있는 변신이었다.
그렇지만 젤리는 어쩐지 그 소설의 목소리가 자신의
새로운 목소리와도 얽혀 있다고 생각했다. 그 소설을
번역하는 몇 달간 젤리의 목소리는 〈눈의 꽃〉을 나카시마
미카 버전으로 부르는 음역대에서 시작해, 젤리가
화장실에 잘못 들어왔다고 생각하는 사람들을 안심시키지
못하는 음역대로 이동했기 때문이다. 어떻게 할까요?
젤리의 새 목소리는 이야기에게 물었다. 어떻게 하긴.
이야기는 유리 파이프에 독한 향이 나는 잎을 욱여넣고
불을 붙이며 말했다. 미신을 하나 파괴할 거면, 새로운
신화를 만들어야지.
그 당시 젤리는 오랜만에 만난 지인과 대화하다 이런
질문을 받곤 했다. 아니, 목소리가 왜⋯ 어디 아프신
거예요? 젤리는 웃으면서 아, 아니요, 이제 이게 제
목소리예요라고 답했지만, 이야기와 이야기를 나눈 후로는
이런 식의 답변을 시험해 보았다. 아, 말들이 몸에 곰팡이를
피워서요. 뱉지 않고 삼킨 수박씨들이 배 속에서 싹을
틔워서요. 나이 들면서 침을 소화하는 능력이 퇴화해서
그래요, 그쪽도 조심하세요. 그럴 때마다 상대방의 표정이
술렁였지만 그들은 할 말을 찾지 못했다. 감은 듯. 젤리의
목소리가 머릿속에서 말했다. 감긴 듯. 이야기의 목소리가
속삭였다.
젤리는 녹음 버튼에 손가락을 대고 눈을 감았다. 그동안

번역한 이야기들의 얼굴을 하나하나 떠올렸다. 그들은
젤리의 눈에 안착한 후 손으로 줄줄 새어 나오거나, 귀를
간지럽히다 입으로 데굴데굴 퉁겨져 나왔다. 끈적하고
냄새나는 침처럼 스미고, 색을 바꾸는 곰팡이처럼
활보하고, 작은 데서 무지막지한 걸 키워내는 수박씨처럼
몸을 부풀렸다. 그렇게 이야기가 계곡을 따라 흘러 좋은
사람의 곁에 머무르는 일도 있었으나, 대개는 자기 갈 길을
가곤 했다. 젤리는 오늘의 목소리로 환복하고, 듣는 이를
환장하게 만들 이야기를 읽기 시작했다.

더 는
미 룰 수
없 을 때

트랜스젠더 스케이트보더 리오 베이커에 대한
다큐멘터리 〈스케이트보드 위의 삶〉을 봤다. 베이커는
2019년, 스케이트보딩이 처음으로 올림픽 경쟁 종목이
된 해에 미국 여자 스케이트보드 대표팀에 선발되었고,
2020년에 논바이너리 트랜스젠더로 커밍아웃한 후
국가대표팀에서 물러났다. 소식을 들은 한 동료는 이렇게
말했다. "올림픽에 출전하는 것보다 더 쿨한 게 뭔지 알아?
올림픽을 때려치우는 거야." 이 명언은 스케이트보딩이
애초에 우열을 가리는 '스포츠'에 관심 없는 이들이
만든 놀이이자 예술이기에, 올림픽종목이 된 것 자체가
스케이트보딩의 펑크punk 정신을 배반하는 일일지도
모른다는 걸 기억하게 만든다. 하지만 일생일대의
기회라고 할 수 있는 국가대표직에서 물러나기로 한
선택은 누군가에겐 평생 이해 못 할 경솔하고 멍청한 짓일
테다.

영화는 까만 비니에 티셔츠를 입은 어린아이가 주차장
한편에서 스케이트보드 묘기를 연습하는 영상으로
시작한다. 콘크리트 계단 위를 날아오르는 동시에 보드를
공중에서 한 바퀴 회전시켜, 다시 바퀴가 땅에 닿는 순간
보드에 착지해야 하는 '킥 플립'. 3, 4초 안에 아이는
보드와 함께 비상했다가 맨몸으로 땅바닥에 내던져지거나,
보드와 발이 닿는 순간 미끄러져 그대로 쓰러지거나,
몸을 너무 앞으로 기울인 나머지 지면에 처박힌다. Fuck!
아이는 땅바닥에 엎어진 채로 내지른다. 이가 한두 개
나가거나 발목이 두 동강 나지 않는 게 신기할 따름이다.
콘크리트를 바른 평평한 땅, 표면에 닿자마자 구르는 바퀴,
그 위에 얹은 단단한 나무판, 그리고 너무 많은 지점에서
구부러지는 몸. 내다 꽂히는 몸. 곤두박질치는 몸. 쓰러져
있는 자신에게 다가온 카메라를 쳐다보는 아이의
얼굴에는 곧 일어나 또다시 보드에 몸을 실을 사람의
짜증이 배어 있다.

"열세 살에서 열여덟 살… 그 시기에 찍힌 영상은 보고
있을 수가 없어요. 레이시 베이커는 제 주변 세상이
만들어낸 사람이에요." 그 시절의 영상 속에서 아이는
긴 금발 머리를 휘날리며 콘크리트 크레이터Crater 같은
스케이트 파크를 질주한다. 계단 난간처럼 생긴 쇠
파이프 구조물 위로 뛰어오르고, 발에 풀이라도 바른 듯

보드와 함께 공중을 가른다. 관중은 환호한다. '레이시 베이커, 스케이트 프린세스.' 10대 초반부터 온갖 대회를 휩쓴 그에게 팬이 붙여준 별명이다. 그는 세 살 무렵부터 스케이트를 탔는데, 당시 그의 어머니는 마약중독으로 인해 아이를 돌볼 수 없었고 그는 사회복지사가 지정한 위탁 가정과 함께 살았다. 그 가정의 아이들이 보드 타는 것을 따라 하던 그가 어머니와 재회한 이후로도 스케이트보딩을 계속할 수 있었던 것은, 새로운 트릭을 성공했을 때 한껏 빛나는 그의 얼굴을 알아본 어머니 덕분이기도, 그가 대회에 나가 상금을 타기 시작했기 때문이기도 했을 것이다. 매해 두세 번 열리는 스케이트보딩 대회는 여성 스케이터가 '프로'가 되고 금전적으로 보상받을 수 있는 유일한 경로였다. 리오의 가족은 그가 대회에 나가 탄 상금으로 생활했고, 스폰서 기업들은 그에게 브랜드 로고가 찍힌 여자아이 옷을 입혔다. 긴 금발의 당돌한 소녀 스케이트보더. 걸 파워의 아이콘, 레이시 베이커. 어느 날 그는 스폰서 기업의 홍보 담당자가 하는 이야기를 듣는다. "레이시 베이커, 어쩜 이름까지 이렇게 마케팅하기에 딱일까."

2019년, 스물일곱이 된 그는 이마와 목이 드러나는 짧은 머리를 고수하며 친구들 사이에서는 리Lee 또는 리오Leo라고 불리지만, 경기장이나 촬영장, 대중을 만나는 모든 자리에서는 '전설적인 여성 스케이터 레이시 베이커'다. 국가대표팀 행사에서 그와 동료들은 늘 '여성female' 선수로 불린다. 화보 촬영장의 사진가는 '숙녀 여러분Ladies'에게 모여달라고 요청한다. 어머니를 만나러 갔다가 들른 모교에서는 처음 보는 사람이 "당신처럼 훌륭한 여성이 우리 학교 졸업생이라는 게 자랑스럽다"고 말한다. 이런 일들이 일어날 때마다 리오는 웃고 있다. 감사하다고 말한다. 리오가 '레이시'로 웃는 이상 전광판의 이름은 빛나고, 카메라는 셔터음을 울리고, 그는 세계적인 여성 스케이트보더로 활약할 수 있다.

×

물론, 공적 자아와 사적 자아를 완전히 일치시키는 사람은 없을 것이다. 예를 들어 나는 직장 동료 또는 상사가 주말에 뭘 했는지 물어볼 때 사실 그대로를 말하지 않는다. 친구들과 놀았다거나, 애인과 데이트를 했다거나, 병원에 다녀왔다 정도야 말 못 할 이유가 없지만, 뭘 하고 놀았냐고 물으면 레즈 클럽에 갔다고 할 수 없고, 남자 친구는 어떻게 만났냐고 물으면 애인이 남자가 아니라고 할 수 없고, 어디 아프냐고 물으면 테스토스테론 수치를 재러 병원에 간 거라고 할 수 없으니 늘 집에서 푹 쉬었다고 말하는 게 편했다. 내가 퀴어이고

트랜스젠더라는 것이 알려지면 벌어질 일들, 정확히
말하자면 차별을 감수하고 싶지 않았다.

과거시제. 나는 이 글을 5년 가까이 다닌 회사를 그만둔 지
2주가 된 시점에 쓰고 있다.

나는 회사에서 내가 하던 일을 좋아했다. 몇 년 전, 한
웹툰 회사의 한영 번역 부서에서 신입을 뽑는다는 공고를
보자마자 내가 즐겁게 할 수 있는 일이라고 생각했고,
시간이 지나고 조직장 역할을 맡게 되면서 내가 생각보다
사람들과 함께 일하는 걸 좋아한다는 것을 깨달았다.
팀원들과 공동의 목표를 향해 노력하는 일. 여러 사람이
의견을 나눌 수 있는 자리를 만드는 일. 우리에게 최선인
방법을 찾아 그걸 함께 실천하는 일. 혼자서는 절대 할
수 없는 일들을 함께라면 할 수 있었다. 처음으로 리더
역할을 맡게 되면서 조언이 필요해 읽은 책들에는 '일대일
면담을 하라'는 팁과 함께 유대감을 쌓으려면 '온전한
나, 솔직한 나'로 직장 생활을 하는 게 좋다는 말이 나와
있었다. 애초에 일대일 관계를 선호하는 터라 면담을
통해 팀원들과 가까워지는 게 좋았지만, 팀원들이 나에게
터놓는 것에 비해 나는 늘 숨기는 게 많다는 자괴감이
들었다. 말해도 괜찮지 않을까, 그런 생각이 들다가도
움츠러들곤 했다.

어느 점심시간. "그거 보셨어요? SNS에서 어떤 사람들이
자기는 남자도 여자도 아니고 아예 성별이 없다고
하더라고요. 그게 뭔 소린지…." "안타깝죠, 그런
정신적 문제를 가진 사람들이 요새 자꾸 보이더라고요."
"그러게요, 미국에서 넘어오는 거 같아요, 그런 사상이."
다른 날 아침. "솔직히 J.K. 롤링이 욕먹는 것도 과하다고
생각해. 나 같아도 그래. 화장실에 들어갔는데 수염 난
아저씨가 있고, 그 남자가 자기는 정신이 여자니까 자길
여자로 대우하라고 하면, 그게 돼?"

또 다른 날, 캐릭터 디자인에 대한 코멘트. "이것 좀
보세요, 이렇게 그려놓고 남자래요. 옷이랑 생긴 게 이런데
도대체 누가 남자라고 생각하겠냐고요."

회식 자리. "호영 씨는 연애 생각 없어? 요즘 세상에
결혼이야 안 하더라도, 좋은 남자 만나야지."

그와 함께,
"이 회사에 여성 리더들이 거의 없잖아요. 호영 님
응원하고 있어요."
"여자 상사와 일하는 경험이 저에게 자양분이 돼요.
감사해요."
"여자들끼리 일할 때 나는 시너지가 있다니까요."

나는 스스로에게 말했다. 참으면 되잖아. 남들도 다
힘들어. 아직 침대 밖으로 나올 수 있잖아. 다른 사람들을
실망시키고 싶지 않았다. 나와 자신이 '우리'에 속한다고
생각해 힘을 얻는 사람들. 그들은 내 이야기를 듣고 어떤
표정을 지을까? 업무와 무관한 일이라고 생각했다. 내가
트랜스젠더라는 게 사업 목표를 이해하는 것, 팀원들을
설득하는 것, 보고서를 작성하는 것과 무슨 상관인가.
팀원들은 일만 하기에도 바쁜데, 내 사적인 문제에 대해
신경 쓰게 하고 싶지 않았다. 업무 외적인 것에 대해서는
말할 필요가 없으므로 나는 회사에서 갈수록 말수가
줄었다.

그래도 때로는 나와 가장 많이 대화하는 팀원들에게라도
나에 대해 알리면 어떨지 상상했다. 머릿속에서 이메일을
쓰고, 또 고쳐 썼다.

안녕하세요.

저와 가장 밀접하게 일하고 계신 여러분께 개인적으로
부탁드리고 싶은 게 있어 연락을 드립니다.
최근에 제 목소리가 좀 달라져서, 어디 아픈 건 아닌지
걱정해 주신 분들이 계셨어요. 당시에는 그냥 감기가 좀
오래가는 것 같다고 했었지요. 사실 몇 달 전부터 저는

건강을 위해 의료적 조치를 받고 있습니다. 저는 태어날 때 지정된 성별과 다른 성을 가진 트랜스젠더이고, 제가 바라는 몸, 저에게 좀 더 편안한 몸으로 살아가기 위해 몸을 변화시키고 있어요. 이런 이야기가 업무와는 무관하다고 생각해 그동안은 하지 않았지만, 제가 커밍아웃을 한 이후에 일어날지도 모를 일들에 대한 두려움 때문에 진솔한 관계를 맺고 싶은 분들과 대화를 나누지 못하고 있다는 생각이 들었습니다.

저는 저희 부서가 업무에 대한 이야기만 나누는, 경직된 조직이 되기를 바라지 않아요. 이미 하고 있듯이 서로를 존중하면서 웃음과 감탄을 나누고, 시답잖은 이야기도 꺼낼 수 있는 사이가 되면 좋겠습니다.

앞으로 크게 달라질 건 없어요. 인칭대명사를 사용할 때, 성별 중립적인 대명사를 사용해 주시는 것 정도예요. 저와 비슷한 사람들은 영어로는 they, 스페인어로는 elle, 프랑스어로는 iel을 쓴다고 하네요. 그렇게 해주신다면 저는 훨씬 마음 편히, 저답게 일할 수 있을 것 같습니다.

긴 메일 읽어주셔서 감사드려요.
저 또한 앞으로 여러분 한 분 한 분이 자신답게 일할 수 있는 환경을 만들고자 노력하겠습니다.

만약 커밍아웃을 했다면, 회사 내 대다수의 사람에게 그 소식은 커피 마시면서 언급할 가십거리 정도였을 거라 생각한다. 그러나 몇몇 사람에게는 내가 트랜스젠더라는 사실이 내가 하는 모든 일을 수식하게 될 것이었다. 저기 트랜스젠더가 발표한다. 트랜스젠더가 회의한다. 트랜스젠더가 업무 지시를 내린다. 여기서 끝난다면 다행일 테다. 내가 트랜스젠더이고 따라서 정신병자이므로 내가 하는 모든 말과 행동을 주시해야 한다거나, 내가 가진 자질이나 의사결정의 타당성을 재검토해야 한다고 주장할 수도 있었다. 이런 일이 일어났을 때 회사 안에서, 나아가 법적으로 보호받을 수 있을 거란 보장이 없었다.

×

리오 베이커가 커밍아웃과 의료적 트랜지션을 고민하기 시작했을 때, 모든 논의는 올림픽을 중심에 두고 진행됐다. '훈련 일정에 영향을 주면 안 돼.' '호르몬치료는 (도핑 테스트 때문에) 받을 수 없어.' '올림픽이잖아, 딱 1년만 미뤄.' 커리어를 위해, 어머니를 위해, 퀴어 공동체를 대표하기 위해, 역사적인 순간에 함께하기 위해. 올림픽에 나가야 할 이유는 수없이 많다. 리오는 카메라를 바라보며 말한다. "이걸 대체 몇 년이나 미뤄야 할까요? 언제까지 이 짓을 해야 하냐고요. 모르죠, 어쩌면 평생? 1년만

기다리라고 하는데, 1년 뒤에도 제가 살아 있을까요?"

×

의료적 트랜지션을 시작하기 위해 정신과에서 진단용
검사를 했던 때를 기억한다. 의사는 나에게 사람을
그려보라고 했다. 처음에는 남자, 그다음에는 여자를
그렸다. 그는 내가 그린 사람들이 누군지 물었고, 나는 둘
다 나라고 답했다. 의사는 이들이 미래에 어떻게 되느냐고
물었다. 멍하니 종이를 내려다보고 있으니 웃음이 나왔다.
사라져요.

×

트랜지션은 오랫동안 나에게 선택지가 아니었다. 처음에는
나 같은 사람들이 있는지 몰랐고, 한동안은 트랜지션
이후의 삶이 고통과 수치심으로만 이루어진 줄 알았다.
그다음에는, 트랜지션이 나를 위한 선택이라 생각해서
할 수 없었다. 부모, 형제, 부모의 친구, 나의 친구, 회사
동료, 현 고용주, 미래의 고용주, 지나가는 행인…. 이 모든
사람의 편안함과 삶에 대한 만족감을 나 자신의 것보다
우선시했다. 여태껏 잘 참고 살았잖아. 하고 싶은 거 다
하고 사는 사람은 없어. 그렇게 주워들은 말을 반복하다가,

나를 이보다 작게 만들 수는 없어서 하고 싶은 걸 하기로
했다.

×

2020년 여름, 리오 베이커는 퀴어 동료들과 차린
스케이트보드 브랜드 '글루glue'를 홍보하기 위해 색색깔의
보드를 한 아름 안고 길거리로 나선다. "30초 안에 킥
플립을 성공하는 분께 스케이트보드 드릴게요!" 뉴욕의
어느 길목에서 확성기에 대고 외친다. '글루'의 일원인
트랜스여성 스케이터 셰어 스트라우베리Cher Strauberry는
글루를 이렇게 정의한다. "우린 우리가 소속되고 싶은
레이블을 직접 만들었어요." 글루 소속 스케이터로
활동하는 것뿐만 아니라 리오는 퀴어, 여성 친화적
스케이트보딩 공간 NYC Skate Project에서 스케이트보딩을
가르치고 있다. 2017년부터 그를 후원해 온 나이키는
커밍아웃 이후로도 스폰서십을 유지하고 있고, 2023년
그의 이름을 붙인 운동화 라인의 첫 제품을 출시했다.
그는 어릴 적부터 좋아하던 비디오게임 〈토니 호크의
프로 스케이터〉 속 캐릭터로 등록되었고, 팝스타 마일리
사이러스의 뮤직비디오에 출연하기도 했다. 올림픽팀에서
나오는 것을 고민하던 당시에는 상상도 못 했던
기회들이다.

커밍아웃, 국가대표 사퇴, 탑 수술이라는 일련의 과정을 지나온 리오의 얼굴은 어딘가 달라져 있다. 그는 가슴을 판판하게 만들기 위해 두 개씩 겹쳐 입던 스포츠브라도, 티셔츠도 걸치지 않은 채 스케이트보드를 타고 도시를 누빈다. 그의 얼굴은 굳히지 않았음에도 또렷하고 무던하다. "저에게 가장 좋은 게 뭔지 저는 알고 있었어요. 정말 오랫동안, 아주 어릴 때부터요."

×

리오 베이커가 자신에게 좋은 삶을 살겠다고 마음먹은 이후로 해온 일들을 보면 가슴이 뛴다. 그리고 퇴사 이후 나의 미래에 대해 생각하면, 어렴풋한 희망 사항 정도가 눈앞에 그려진다. 미래란 펼쳐지거나 주어지거나 나를 기다리고 있는 것이 아니며, 그동안 내가 일궈온 것에 따라 형태가 갖춰지는 것도 아니다. 지금껏 거쳐간 회사 중 가장 오래 다닌 곳, 지금까지의 경력 중 가장 높이 올라갔던 곳을 그만둔 걸 나는 앞으로 후회하지 않을까? 나에게 가장 좋은 게 뭔지 나는 알고 있을까?

당연히, 모른다. 애초에 '나에게 가장 좋은(필요한) 건 내가 안다I know what's best for me'는 지극히 미국스러운 문장이다. 공동체와 분리된 개인에게서 변화의 동력을 발견하기 때문이다. 영화 구조상 리오 베이커라는 한 인물, 그리고 올림픽 전후의 시기에 집중해야 했겠지만, 리오가 국가대표팀을 나오는 결정을 하기까지 누구와 대화했는지, 그리고 그보다도 스스로 트랜스젠더임을 자각하기까지 어디에서 누구를 만나왔는지가 궁금해졌다. 물론, 리오의 파트너 '멜'은 중요한 인물로 영화에 등장한다. 멜은 리오와 함께 살며 그의 경기를 보러 가고, 리오의 의료적 트랜지션 과정 내내 그를 돕는다. 예를 들어 리오가 트랜지션을 위한 클리닉과의 통화에서 어떤 이름으로 불리고 싶냐는 질문을 받았을 때, 리오는 반사적으로 "레이시라고 하셔도 돼요"라고 답한다. 이때 옆에 앉아 있던 멜은 정말 그 이름으로 불려도 괜찮은지 묻고, 그 덕분에 리오는 '리'로 이름을 등록한다. 리오가 탑 수술을 준비하는 동안에도, 수술 이후 회복하는 기간에도 멜은 그의 곁에 있다.

영화에 나오지 않는 것은 리오가 '스케이트 프린세스 레이시 베이커'에서 '논바이너리 스케이트보더 리오 베이커'가 된 과정이다. 짤막하게 언급되는바, 리오에게는 스폰서가 사라져 프로 스케이트보더로서의 생활을 포기했던 시기가 있었다. 고등학교를 졸업한 후 머리를 짧게 자르고 남성적인 옷을 입기 시작하자 후원이 끊겼다고 한다. 경기침체로 인해 스포츠 브랜드들은

스케이트보딩 사업을 접거나 축소했고, 그나마
선수 지원을 유지한 기업에서는 여성스러운 외모의
스케이터들을 선호했다는 것이 영화 속 업계 동료들의
설명이다.

그렇다면 리오는 이 시기에 뭘 했을까? 인터뷰를 찾아보니
그는 4년제 학위를 포기하고 직장을 구했다고 한다.
평일에는 그래픽디자이너로 일하고 주말에는 퀴어들과
난장판으로 파티를 했다. 스케이트보드는 뒷전으로
밀려났다. 그러다 차츰 갈피를 잡고 다시 연습. 영상을
찍고, 대회에 나가고, 우승하기 시작했지만, 여전히 기업
스폰서는 생기지 않았다. 결국 그와 계약한 브랜드는 여성
스케이트보더가 운영하는 Meow였다. 나이키는 올림픽
대표팀 합류가 유력해진 2017년부터 리오와 계약했다.

리오가 '퀴어들과 난장판으로 파티'하던 시기는
인터뷰에서 짤막하게 언급될 뿐이다. 그 시간은 방황하던,
엉망mess이었던 시기로 묶여 그가 이룬 성공으로부터
멀찍이 배치된다. 그저 짐작이지만, 나는 리오가
스케이트보딩 '산업'에서 떨어져 나와 보낸 이 시기에
만난 사람들과 세계가 자신의 몸과 마음에 귀 기울이는
데 도움을 주지 않았을까 생각한다. 내가 지금의 나,
트랜스젠더이고 번역을 하고 글을 쓰고 퇴사를 한 '나'가

된 과정에는 영미권 백인들의 트랜스 서사만큼이나 지난 몇 년간 동료들과 함께 길바닥에서, 클럽에서, 방구석에서 죽인 시간이 중요했기 때문이다. 가방을 드럼통 모양 의자 안에 보관하게 하는 술집에서 아이돌 뮤비를 보던 시간. 누군가의 집 옥상에서 담배를 빌려 피우던 시간. 동네 문방구에 들러 500원짜리 스티커를 구경하던 시간. 파티로 걸어가면서 앞서 걷는 이들 중 나랑 같은 곳에 가는 사람이 누군지 점치던 시간. 주차장에 깔린 플라스틱 테이블 앞에 앉아 덜덜 떨며 오뎅탕과 떡볶이를 먹던 시간. 친구네 집에서 옛날 옛적 〈L 워드〉를 보며 낄낄거리던 시간. 심야 버스에서 잠들지 않기 위해 죽어라 트위터 스크롤을 내리던 시간. 아무와도 눈을 마주칠 수 없어서 후드를 뒤집어쓰고 걷던 시간. 출근한 애인 집 이불 속에 웅크려 만화책과 진zine을 읽던 시간. 혼자 영화관에서 〈3XFTM〉을 보던 시간. 방바닥에 누워 스마트폰으로 하염없이 남들 일기를 찾아보던 시간.

나는 앞으로도 어리석고 경솔한 선택을 내리며 후회할 것이다. 그렇게 내린 결정으로 인해 찰나라도 살아 있다고 느낄 수 있다면, 그것은 내가 계속해서 넘어지고, 엎어지고, 곤두박질칠 충분한 이유다.

손 상

트랜스젠더 트위터에서 한창 리트윗되고 있는 영상을
하나 봤다. 숱이 듬성듬성한 반삭 머리에 안경을 쓴 백인
남자애가 카메라를 향해 뭔가를 호소하는 2분짜리 클립.
그는 현재 20대 초반으로 10대 때부터 테스토스테론을
주입해 왔다고 했다. 자기 머리와 얼굴을 가리키며
"호르몬을 하면 열여섯 살 소녀가 이렇게 돼요"라고 말했다.
그는 자신이 어리석고 고집 세고 성급한 청소년이었다며,
탈모 같은 건 '되돌릴 수 없는 부작용'이니 미성년자에게
호르몬치료 접근권을 주는 것에 반대한다고 했다. 법규에
따라 부모의 허락하에 호르몬을 시작했고 "탈모는 뭐…
유전이긴 하지만". 영상 아래 달린 댓글에서 수많은
사람들이 그를 위로하며 용기 내 진실을 말해줘서
고맙다고 하고 있었다. '트랜스젠더는 정신병이야!
어린애들이 뭣도 모르고 한 선택 때문에 돌이킬 수 없이
몸이 망가진다고.'

이 영상을 내 타임라인에 올린 트랜스남성 잭슨은 이렇게
썼다. "다들 쌔끈한 남자애가 되고 싶지 남자가 되고 싶진
않아서 그래. 백인들이란." 잭슨은 트랜스남성 트위터에서
보기 드물게 '대디'를 표방하는 흑인 트젠남이고, 나는
바로 그래서 그를 팔로잉하고 있다.[6] ~외계인~ 또는
~미지의 소년상~이 판치는 트랜스남성성의 세계에서
그는 스스로를 t-boy가 아니라 trans man이라고 소개한다.
엘리엇 페이지나 메이 마틴 같은 젠더 교란자들을 나도
좋아하지만 그들이 보편적인 미의 기준에 상당히 부합하기
때문에 매료되기 쉬운 t-boy들이란 건 명백하다(심지어
엘리엇 페이지의 자서전 제목은 《페이지보이》다). 마르고
이목구비가 뾰족하고 피부가 깨끗하고 탈모도 없는,
호르몬을 하거나 수술을 받을 수 있도록 정신과 진단을
받았다는 점 외에는 눈에 띄는 질병이 없고 말주변이 좋은
백인이라는 것. 어쨌든 트랜스남성성 범주에는 엘리엇
같은 사람도 있고 잭슨 같은 사람도 있고 탈모가 세계
와서 탈트젠하겠다 선언하는 것뿐만 아니라 남들까지
트랜지션하는 걸 막아야겠다
마음먹은 사람도 있는 것이다.

성전환 시술이 정신병자의
망상에 불을 지펴주는
거라고 생각하는 사람들은

6 작가, 편집자, 프로페셔널
돔으로 일하는 잭슨 킹Jackson
King의 트위터 ID는 2024년 6월
현재 @itsjacksonbbz이다. 킹은
〈Irresistible Damage매혹적인
훼손〉이라는 제목의 트랜스남성
대상 뉴스레터를 발행하기도
한다.

트랜스젠더가 자기 몸을 변화시키는 일을 '되돌릴 수 없는 손상irreversible damage'이라고 말한다. 애초에 지금처럼 호르몬이나 수술을 받기 위해 의사의 진단서가 필요하게 된 건 의사들이 이런저런 조치를 제공해 주었다가 나중에 고소당할까 봐 두려워했기 때문이다. 마치 배를 갈라 장기 하나를 들어내거나 허벅지 피부를 떼어내서 성기를 만드는 걸 별생각 없이 하겠다고 마음먹는 사람이 있는 것처럼. 그렇게 만들어진 몸이 사회에서 겪곤 하는 말살에 대해서는 생각해 본 적 없는 것처럼. 요즘처럼 성전환이 제도화되기 전, 트랜스젠더들은 집에서 친구의 도움으로, 또는 알음알음 알게 된 의사를 모텔로 불러 음경절제술을 받기도 했다. 이런 장면들은 배 속에 자리 잡은 줄 알았던 태아라는 것을 긁어낼 수 있다면 무엇이든 하려던 열일곱 살의 나와도 포개진다.

테스토스테론을 주유하기 시작하고 나서 어떤 아름다움을 잃어버린 건 사실이다. 언제나 건조하던 피부는 이제 활발하게 피지를 분비하고, 남동생이 사춘기 때 볼, 턱, 입가에 여드름이 났던 것처럼 내게도 하루건너 한 개꼴로 새로운 염증이 생긴다. 발가락과 손등에 모공이 있다고 인식해 본 적이 없었는데 언제부턴가 털이 보인다. 목소리가 바뀌면서 이전에 부르던 노래들을 더 이상 흥얼거리지 않게 되었다.

내가 열일곱 살 소녀였을 때. 처음도 두 번째도 기억나지
않지만 L과 술을 마시고 모텔에 갔던 날이었다. 우리
둘 다 미성년자였으므로 만 19세가 넘은 L의 친구에게
예약을 부탁했다. 맨살을 맞대지 않으면 죽기라도 하는
사람들처럼 방에 들어서자마자 입술을 부딪치고 옷을
벗겼다. L은 침대 위로 쓰러진 나의 다리를 쓸어내리면서
키스를 퍼부었다. 어떻게 이렇게 부드럽지. 너 많이 취했어,
하고 웃으면서도 나에게 사랑스러운 부분이 있는지도
모르겠다고 생각했다.

얼마 전, 침대에 앉혀놓은 S의 다리 사이에 얼굴을
묻자 그때 생각이 났다. 나는 그날의 L처럼 탐욕스럽고
서툴렀지만 이건 이제 와서 드는 생각이다. 그땐 생각이란
걸 할 겨를이 없었다. S의 다리는 물처럼 매끈했고
발목에는 가는 끈이 묶여 있었다.

×

테스토스테론을 쓴 지 두 달쯤 됐을 때부터 눈물이 안
났다. 틀어막은 것 같다기에는 답답한 느낌도 없고, 그냥
울고 싶다는 느낌 자체가 들지 않았다. 생리를 하지 않으니
매달 때가 되면 수직 낙하 하던 기분도 사라지고 그에
따라 살짝 흔들기만 하면 쏟아지던 눈물이 멎은 건가

했다. 예전 같으면 울었을 상황에도 가만한 내가 낯설다.
예를 들어 집에서 저녁을 먹으며 좋아하는 드라마를 다시
보는데, 평생 용서하지 못한 아버지가 죽어가고 있다는
연락을 받은 주인공이 아버지가 입원한 병원 앞까지
갔다가 들어가지 못하고 옆 골목 우동집에 가는 장면이
나왔다. 그를 걱정하며 남몰래 뒤따라온 친구도 곧이어
우동집으로 들어간다. 그리고 아무것도 모르는 척, 친구를
쓱 쳐다보더니 국수 2인분을 주문한다. 둘은 시답잖은
이야기를 하며 면발을 삼키고, 시간은 점점 지나고, 이윽고
6시를 알리는 CM송이 라디오에서 흘러나온다. 병원의
면회 시간은 곧 끝난다. 주인공의 손이 떨리기 시작하자,
뒤따라온 친구가 말한다. *가지 않아도 돼요.*

예전에는 이 대목에서 늘 울었다. *가지 않아도 돼요,
용서하지 않아도 돼요. 마지막으로 성을 내며 아직도
당신을 미워한다고 말할 기회조차 눈앞에서 놓아버려도
괜찮아요.*

×

그런데 정말 호르몬 때문일까?

내가 맡은 팀에 일을 너무 열심히 하는 사람이 있었다. 그

사람이 입사하기 전엔 내가 그 일을 했다. 당시 나는 매일 한밤중에 퇴근했고 밥을 먹는 걸 잊었다. 숨이 쉬어지지 않을 때면 불 꺼진 탕비실에 쪼그려 앉아 있었다. 그 사람은 인수인계를 받으면서 말했다. 어떻게 이 많은 걸 혼자 하셨어요. 그 사람에게 일을 넘긴 다음부터는 집에 와서 저녁을 먹을 수 있게 됐다.

그 사람은 곧 번아웃을 호소했다. 면담을 할 때면 열에 아홉 번은 내 앞에서 울었다. 처음에는 나도 눈물을 글썽이면서 같이 잘해보자고 이런저런 방법을 제안하곤 했다. 상사에게 이 일은 한 사람이 감당할 수 있는 게 아니라고 말했고 도움을 요청했다. 상사는 효율적으로 일할 방법을 찾는 게 팀장의 일이라고 했고, 내가 생각해 낸 방법들은 특별히 효과적이지 않았다. 그렇게 좌절하는 시간이 수개월 지났다.

상사에게 보고를 하는 회의가 잡혀 그를 포함해 열 명 정도가 모인 회의실에 들어갔다. 그 사람은 보고를 하다 말고 울먹이기 시작했다. 그와 가까운 동료 한 명도 눈물을 뚝뚝 흘렸다. 그때 나는 망했다는 생각밖에 들지 않았다. 나는 상사가 어떤 사람인지 그 사람보다 잘 알았다. 저 사람은 이제 상사에게 감정적이고 무능한 사람으로밖에 인식되지 않을 것이다.

결국 팀원은 휴직을 하고 싶다고 말했고 나는 상사에게 그게 가능한 일인지를 물었다. 상사는 퇴사를 하거나 그대로 일하는 방법이 있다고 했다. 나는 그 말을 전달했다. 물론 전달했다, 라는 말처럼 그렇게 간단하지는 않았다. 팀원은 회사를 떠나면서 편지를 건넸다. 늘 감사한 팀장님께. 나는 나머지를 읽지 않고 서랍에 넣었다.

그날 이후로 나는 면담 자리에서 우는 사람들을 볼 때 아무 생각이 들지 않는다. 왜 울지. 내 앞에서 우는 사람들은 늘 여자들이고 그들은 나를 죽이지 말아주세요, 라는 얼굴로 나를 바라본다. 나는 그들에게 효율과 정예화와 고객의 니즈에 대해 말하고, 그들은 "팀장님도 어쩔 수 없으시겠지만"이라는 말로 입을 떼며 도움을 요청한다. 그들이 그렇게 말하는 건 나를 여자라고 생각해서일까? 회사의 방향을 잘 이해하는 나는, '어쩔 수 없이' 회사에 득이 되는 일을 한다. 회사가 원하는 바를 예측해서 미리 실행한다. 그렇게 한 일이 나의 성과가 된다.

회사 밖에서 일한 지 10년쯤 된 친구는 '회사 독'이 빠지기까지 3년이 꼬박 걸렸다고 말했다. 아직도 회사에 다닐 때 상사가 던졌던 말들이 불현듯 생각난다고 했다.

×

퇴근길에 지하철 환승 구간에서 나방을 봤다. 그것은
형광등 아래, 최대한 빠르게 이동하기 위해 쉴 새 없이
움직이는 행렬이 일으키는 바람을 피해 벽 언저리를 날고
있었다. 손에 닿으면 바스러질 쥐색 벨벳의 날개가 한 번,
두 번, 공기를 흩트렸다.

30대 의
트 랜 지 션

지난주에 서른한 살이 되었다. 올해 첫 나이트 크루징을
하면서(피쉬만즈 들으면서 밤에 자전거 탔다는 말이다)
호르몬 시작하고 나서 첫 생일이었네, 라는 생각이 들었다.

30대에 의료적 트랜지션을 시작하다니, 늦었다는 느낌은
없었냐는 질문을 종종 받는다. 호르몬을 처방받기 위해
정신과 진단을 받으러 갔을 때도 정체화는 수년 전에
했는데 왜 이제야 호르몬치료를 마음먹었냐는 질문에
대답을 해야 했다. 난 이보다 이른 시점에 시작할 수
없었을 거라고 생각한다. 트랜스젠더인 사람들의 이야기를
접한 게 10대 후반, 얼굴 보고 교류하는 트랜스들이 생긴
게 20대 초반이었다. 나도 트랜스라는 걸 받아들이기까지
또 몇 년이 걸렸고, 호르몬을 해보고 싶다는 마음이 든
것도 근 3년 안의 일이다.
1931년 기록상 최초의 MTF 성기 변형 수술을 집도한
독일의 트랜스젠더 의료 선구자이자 지지자 마그누스

히르쉬펠트Magnus Hirschfeld는 자신에게 고민을 털어놓는 트랜스들에게 다른 트랜스젠더들과 시간을 보내보라고 권했다. 그것이 어떤 의료적 조치보다 고통을 완화해 줄 것이라고 하면서 말이다. 그의 클리닉에는 의료 조치를 받으러 온 트랜스젠더들이 모여들었기 때문에 그곳은 자연스럽게 트랜스젠더들이 교류하는 장소가 되었다고 한다.[7] 트랜스젠더는 다른 트랜스들과 함께 시간을 보내면서 어떻게 트랜스로 살아가는지를 배운다. 그로써 비로소 트랜스젠더가 된다. '트랜스젠더'라는 사실, 즉 '나는 지정성별과 다른 성별 정체성을 가진 사람이다'에서 출발해 고유한 유머, 미학, 경제관념 따위를 습득하고 만들어가며 문화적으로도 트랜스젠더가 된다는 말이다. 예를 들어 이런 것. 나는 대학에서 자신을 젠더퀴어라고 소개하는 사람들을 만나면서 꼭 여자나 남자로 살지 않아도 된다는 걸 알게 되었다. 그리고 트랜지션을 한 번이 아니라 여러 번, 다양한 형태로 하는 사람들이 있다는 걸 알게 되면서, 트랜지션이 그저 A에서 B로 이동하고 그로써 완결되는 절차가 아니란 걸 깨달았다. FTM이나 MTF의 경우에도 특정 의료적 조치를 거쳤거나 원하는 방식으로 인식된다고 해서 손 털고 끝—완성!—이라고 할 수는 없다고 생각한다(물론 자신이 원하는 방식으로 인식되며 삶을

7 Leah Tigers, "On the Clinics and Bars of Weirmar Berlin", www.trickymothernature.com/insideout1.html. 이 중 '환경요법milieu therapy'에 관한 내용을 참고했다.

살아갈 수 있게 되었을 때 젠더에 대한 고민이 찾아들어서 마침내 삶의 다른 영역에 대해 생각할 여지가 생기는 것 같긴 하다).

대학에 다니면서 내가 접했던 트랜스젠더들은 한동안 남성성 스펙트럼으로 이동해 몇 년간 살다가, 여성성을 몇 방울 첨가했다가, '더 이상 뭐가 뭔지 모르겠지만 난 뒤죽박죽이 좋아' 하는 식으로 변태를 거듭했다. 퀴어들에게는 시간이 다르게 흐른다는 걸 증명이라도 하듯, 2~3년 안에 같은 사람인지 못 알아볼 정도로 외모가 많이 변하는 사람도 있었다. 그 과정을 온오프라인으로 따라가면서 무엇이 여성성이고 무엇이 남성성인지가 점점 모호해졌고 목적지가 정해져 있지 않아도 괜찮다는 걸 알게 됐다. 트랜스젠더로 사는 게 이런 거라면, 나도 해보고 싶다는 생각이 들었다.

그리고 대학을 졸업할 때쯤 일본에서 b를 만났다. b는 나와 비슷하면서도 내가 가지고 싶은 몸을 하고 있었고, 그래서 그를 처음 본 순간 그의 아름다움과 더불어 그가 어떤 현실을 구부려왔는지가 머릿속에 한꺼번에 들이닥쳤다. 파도처럼, 또는 통유리창이 와장창 깨지는 것처럼. 트랜스젠더로 사는 건 영미권에 살거나, 백인으로 패싱되는 사람에게나 허락되는 선택지가 아니었다. b를 보자마자 알았다. 나 또한 저렇게 인식되고 싶다는 걸. 누군가가 나를, 내가 b를 알아본 것처럼 알아봤으면

한다는 걸.

어떤 사람들은 10대에, 이차성징이 오기 전에 정체성을
깨닫고, 확신을 갖고, 원하는 의료적 조치를 취한다는
선택지를 갖는다. 내가 그러지 못 했다고 해서 슬프거나
화가 나진 않지만, 그렇게 할 수 있었다면 아직 살아 있을
사람들을 떠올린다. 만약 어릴 때부터 '너는 여자니까'
'남자니까' 같은 말을 듣지 않는 세상에서 자랐다면
어땠을까 생각한다. 그런 세상에서는 아마 트랜스젠더라는
개념 자체가 성립되지 않을 테고, 성별이 누군가를
설명하는 데 있어 딱히 의미 있는 지표도 아닐 것이다.
그게 사실 내가 바라는 미래다.

b 에 게

b,

내가 너를 b라고 부르는 건 실례가 되는 일일지도 몰라.
너를 낳고 싶다는 사람도 나는 b라고 부르니까. 네가
태어나면 내가 아는 b는 B 아니면 C나 Z가 되는 것 아닐까?
그러니 너를 내 마음대로 b라고 부르게 해줘. b라는 이름이
네 선택은 아니지만 어차피 너는 한동안 네가 선택하지
않은 이름들로 불릴 거야.

b, 네가 b의 아기로 세상에 나타나는 건 더없이 자연스러운
일일지 몰라. '자연스럽다'는 말이 저지르는 여러 과오에도
불구하고. 내가 b를 처음 만났을 때 b는 아기를 안고
있었거든. 조명을 낮춘 카페 뒤편, 알록달록한 셔츠에 야구
모자를 쓴 그의 팔에는 하얀 보자기로 감싼 아기가 들려
있었어. 하지만 그의 아기는 아닌 것 같았어. b를 처음 본
순간이었는데도 그런 생각이 든 건 왜일까? 그건 아무래도

b가 소년 아닌 소년의 모습을 하고 있었기 때문이야.
눈썹 위로 흩어진 앞머리, 머리칼을 살짝 누르는 모자, 그
모자챙의 길이. 안경테의 무늬, 셔츠 깃이 목과 만나는
각도, 셔츠의 밤색 스트라이프 문양, 반소매에서 뻗어 나온
팔의 두께. 손목에 돋아 있는 흉터, 손으로 그린 게 분명한
삐뚤빼뚤한 타투, 아기의 머리를 부드럽게 받치는 손가락,
날 선 곳 없이 동그란 손톱, 길이 잘 든 청바지, 여기저기
쏘다닌 게 분명한 운동화 ─ . 맞아, 이 중 어떤 것에도
'소년'이라는 이름표를 달 수는 없어. 그렇지만 사람은
상징의 조각에 자기 몸을 부딪쳐 불꽃을 만들 수 있어. b를
처음 눈에 담은 그 순간 나는 꿈에도 본 적 없는 그를 내가
수년간 그리워했다는 걸 알았어.

그해 여름 나와 b는 연인이 되었고, b의 주위에는 언제나
아이들이 있었어. b의 친구 중에는 아이가 있는 사람이
많았으니까. 점심을 먹고 나면 b는 근처 놀이터에서
모래성을 쌓고 있는 A의 조수가 되거나, 만화가가
꿈이라는 E와 술래잡기를 했지. 우리가 처음 만난 그
여름에는 특히 H와 같이 밥을 많이 먹고 산책도 자주 했어.
H는 금세 b가 허리를 굽히지 않아도 손을 잡을 수 있을
정도로 키가 자랐어. 일본어가 서툰 나에게 강아지풀이
일본어로는 '고양이꼬리풀'이라는 걸 알려주거나,
누구에게도 지지 않을 양의 복숭아를 먹어서 모두의

감탄을 샀어. H는 b를 보면 멀리서도 이름을 부르며
달려왔고 그러면 b는 H를 향해 마주 달렸어. 강아지에게
달려가는 강아지처럼. 어린이를 좋아하지만 친해지는
건 어렵다고 생각하는 나는 H와 b를 바라보면 기쁨이
솟구쳤어. 그리고 어릴 때 내가 동경하던 어른들 —
서늘하고, 유능하고, 지쳐 있는 사람들 — 이 아니라 b 같은
사람이 내 주위에 있었다면, 그랬다면 나는 지금과 다른
사람이 되었을 거라고 생각했어.

우리가 연인 아닌 가족으로 지내게 된 지 몇 해가 지났을
때의 일이야. b는 아이를 낳을까 생각 중이라고 말했어.
아이들 옆에서 그토록 자연스럽던 b의 꿈, 너라는 꿈. 나는
큰 충격을 받았어. 그가 새로운 파트너와 동거한다는
소식을 들었을 때보다도 더. b가 아이를 임신하고 낳아서
키우고 싶어 한다는 것. 친구 아이의 공동양육자뿐만
아니라, 자기 몸으로 낳은 아이의 보호자가 되고 싶어
한다는 것. 그 소망을 나는 단 한 번도 상상해 본 적이
없었으니까.

나와 연인이었을 때, b는 너를 상상할 수 없었던 거
아닐까?

나를 돌보는 것만으로도 벅차서, 다른 누군가를 키우는

건 생각할 수도 없었던 거 아닐까? 너에 대한 이야기를
꺼내기 직전에 한 영상통화에서, b는 이렇게 말했어. "얼마
전에 헤어진 사람과는 동등한 관계를 맺을 수 없었어요.
그 사람은… 어리고, 불안이 많아서 신경을 많이 써야
했어요." 다른 날에는 이렇게 말하기도 했어. "그 사람,
호영 씨랑 좀 닮았어요."

b를 처음 만났을 때 나는 스물하나, b는 서른이었어. 나는
한국에, b는 일본에 살았지. 더 이상 장거리 연애를 할
자신이 없어서 나는 b에게 같이 살자고 말했어. 우리 둘의
집에서 b는 요리와 부엌 청소, 나는 화장실과 거실 청소
담당이었어. 그런데 시간이 지날수록 나는 집에 오면 눕기
바빴고.

b가 비자 문제로 한국을 떠나야 할 때마다, 나는 비자
핑계로 여행을 할 수 있어서 좋다고 생각했어. 어느
봄에 b는 날씨가 좋은데 집 안에만 있는 건 아깝다며
소풍이라도 가자고 말했어. 나는 그 제안을 거절하고 b를
혼자 보냈어. 그러곤 이불 속에 웅크린 채 날씨가 좋을
때 밖에 나가고 싶은 사람이 되지 못하는 나를 미워했어.
친구들을 만나 즐겁게 지내고 있을 b도 미워했어. 저녁이
되어 돌아온 b는 벚꽃이 너무 예쁘다고, 지금이라도 같이
산책을 하자고 나를 일으켰어. 한참 걷다가 b가 앞으로

어떻게 살고 싶냐고 물었을 때, 나는 발치에 떨어진 하얀 꽃잎만 보다가 "우리는 그런 얘기까지 할 정도로 친한 사이가 아니야"라고 내뱉고 집으로 도망쳤어.

내가 서른이 된 지금, '친한 사이 아니야'라는 말은 우리의 농담이 되었어. 그날 이후로도 b는 나에게 "호영의 30대가 궁금해요"라고 말해주었어.

앞에서 b와 내가 연인 아닌 가족이라고 했지. 대체 그게 뭘까? 10개월간 몸 안에서 누굴 키우는 거, 유전자를 공유하는 거, 그런 거야말로 가족 아닐까? 네가 태어나면 너와 b의 관계보다 앞서 나와 b가 만들었던 '우리'는 대체 무엇이 될까. 설령 시간이 흘러 서로를 만나지 않는 관계가 되더라도 네가 b의 자식이고 b가 너를 낳은 사람이라는 건 바뀌지 않는 사실 아니겠어? 그런데 나와 b는? 그래, 우리가 몇 년간 서로의 속옷을 빨아 널어 개키고, 생일날 미역국을 끓이고 바다 건너 서로를 만나러 가던 사이였다는 건. 새벽이면 목에 얼굴을 묻은 채 아무렇게나 노래를 만들고, 샤워하기 전에 춤을 추는 것으로 하루를 마무리하는 사이였다는 건. 그런 건 누가 증명할 수 있을까.

마지막으로 b와 통화했을 때 그는 내가 처음 보는 머리색,

옷차림을 하고 있었어. 한 친구는 b가 요새 '물 만난
물고기' 같대. b와 내가 연인이던 시절, 내가 그에게 최선을
다했다고 믿고 싶어. 그렇지만 나는 임신한 b를 상상해 본
적이 없었어. 그런 내가 너무 바보 같아.

요새는 나도 내 30대가 궁금해. 지난주에는 b에게 오랜만에
메시지를 보냈어. "잘 지내요? 저 오늘 젠더 디스포리아
진단 나왔어요. 이제 호르몬치료 시작할 수 있대요."
메시지를 보내자마자 '읽음' 표시가 생겼어. 그리고 하루가
지나서 온 답장: "일단 축하해요. 호르몬치료 시작하면
몸도 마음도 힘들다던데, 그럴 때는 꼭 얘기해 줘요."

b, 영상통화로 너의 이야기를 처음 듣자마자 눈물이 났어.
나는 "축하해요"라고 말했고, "호영 씨가 왜 울어요"라는
말에는 "그냥, b가 하고 싶은 걸 하게 된 거 같아서요.
그만큼 좋은 관계랑 생활을 만든 거니까요"라고 했어.
'일단 축하해요'라는 답장을 쓰면서 b는 어떤 표정이었을까.

b, 너는 b를 닮아 이마가 크고 동그랗겠지. 머리카락이
가늘고 숱도 적을지 몰라. 혹시 그게 걱정이면 내가 b에게
알려줄게. 내가 아기였을 때 우리 엄마가 내 머리를 여러
번 빡빡 밀어서 내가 이렇게 숱이 많은 거라고. 내가
일본에 가서 미역국을 끓여줘도 된다면 그렇게 할게.

네가 태어나면 분명 b는 지금보다도 바빠질 거야. 가끔
영상통화로 이야기할 시간도 없어질 게 분명해. b는
무언가를 돌보는 일에 재능을 가진 사람이야. 그게 체인이
빠진 자전거든, 시들시들한 식물이든, 밖에 나갈 수 없게
된 사람이든. b는 스스로가 미워질 때면 나를 화분이라고
생각하고 물을 주라고 했어. 나는 그가 너에게 밥을 먹이고
옷을 입히고 세상을 보여줄 때, 자기가 아는 것 중 가장
좋은 걸 줄 거라는 걸 알아.

20대를 지나는 동안 나는 미래를 상상할 수 없었어. b는
그걸 알고 있었겠지. 이제 나는 b의 40대, 50대가 궁금해.
또, 네가 궁금해. 네가 무슨 과일을 제일 좋아할지.
네가 b처럼 날쌔서 술래잡기왕이 될지, 혹시 나처럼
술래잡기보다는 숨바꼭질에 특출난 사람일지. 그리고
시간이 지나, 네가 어떤 이름을 선택할지. 때가 되면, 꼭,
그 이름을 나에게도 알려줘.

일기 :
목 소 리 ,
식 욕 ,
체 온

221107

날이 갈수록 목소리가 마음에 든다 목소리라는 걸
처음으로 경험하는 기분이다 아직 꿈에서는 예전
목소리로 말한다 깨어나 내 목소리를 들으며 살짝 놀란다
어어 누구시죠 우리 만난 적 있죠?

내 말을 가장 먼저 듣는 것도 나
나라는 울림통 밖에서 들리는 소리를 모르는 것도 나
목소리를 듣고 싶어서 더 느릿하게 말한다

어제는 글방에서 낭독할 기회가 있었다 선언문을 읽었다
말뜻을 몸에서 녹일 새는 없었고 그저 목소리를 내는 데
집중했다
온라인 모임이라 서로의 목소리와 글만 있었다
글방지기는 어떤 남성과 내 이름을 자꾸 헷갈려 했다
얼마 전에는 앱에서 매칭된 남자가 전화하자고 했고

목소리가 여자처럼 나오지 않을까 봐 걱정하면서 목구멍을
조였다
집으로 돌아오는 차 안에서 노래하는데 고음을 내자
정수리가 쭈뼛해졌다 이제 이 노래는 다르게 불러야
하는구나 다른 노래를 불러야 하는구나
물론 긴장하거나 급한 상황에서는 목구멍이 좁아지고
숨이 가빠져서 예전 같은 목소리가 나온다

친구들에게 음성메시지로 예전 음역대로 내는 목소리와
지금 편하게 내는 목소리를 보냈더니 앵무새 같다고 했다
내 생각에도 누군가의 목소리를 흉내 내는 것 같았다
예전에는 웃음소리가 공중에 흩어졌다면 지금은 바닥을
구르는 것처럼 들린다 자갈이 물에서 들썩이는 것처럼
손아귀에 호두를 여러 개 쥐고 부수는 것처럼

웃을 때의 리듬은 변하지 않아서 웃기다 친구들 모두의
웃음소리를 악보로 기록해 두고 싶다 울고 나면 어떤
소리가 날지 궁금한데 요새 통 울지를 않는다

221113

버스가 오기까지 8분 남았다고 해서 근처 빵집에 잠깐
들어갔는데 무화과크림치즈빵 버터모닝빵 햄샌드위치

올리브치아바타 헤이즐넛핫초코까지 모두 계산해
버렸다 내 옆에서 빵을 고르던 중년 여성은 계산대에서
샌드위치를 곁눈질하며 언니 먼저 계산해 주라고 했지만
나는 사양하며 천천히 샌드위치를 골랐고 그분은 아마
가족에게 가겠지만 나는 오늘 저녁 이 빵을 모두 혼자 먹을
예정이다 핫초코에 휘핑크림 올리세요? 네

221114

11월 중순인데 티셔츠 위에 스웨터 하나 걸치고 히트텍도
긴 양말도 목도리도 없이 집 밖을 나섰다 밖에 나오니
최소 플리스 최대 롱패딩을 입은 사람들이 오가고
대체로 재킷이라는 걸 걸치고 있다 나조차도 영문을
모르겠는 일이다 얼마 전에는 친구와 공연을 보고 나오니
해가 뉘엿뉘엿 지고 있었는데 반소매 차림인 사람은
나뿐이어서(눈에 차이는 건 스웨이드 코듀로이 벨벳) 오늘
추워?라고 물었다 나는 계절이 바뀌면 누구보다 빨리
내복을 꺼내 입고 핫팩을 아랫배와 발바닥에 붙였으며
추위에 어깨가 결리던 개체인데 말이다 생리할 때가 되면
한여름을 제외한 모든 계절에 발목 손목이 시리고 손끝이
곱아들었는데 왜인지 시월까지 선풍기를 틀고 잠드는
사람이 된 것은 바로 호르몬의 힘 그것 외엔 설명할 방도가
없음을 기록하는바 그간 각종 사무실 대중교통 서점 식당

등의 실내 공간에서 추우니 온도를 올려달라 에어컨 바람
안 닿는 곳에 앉혀달라 간곡히 요청해야 한 몸 부지할
수 있었던 에스트로겐-치우침 개체였던 나에게 위로를
전한다

221116

엄마와 오랜만에 통화했는데 목소리가 너무 안 좋다며
밥은 잘 먹고 있냐고 물었다
대화를 이어나갈 기운은 없어서 잘 지낸다고 하고 회사로
돌아갔다
어떤 FTM 영화감독은 여성으로 살았던 시기의 자신에게
편지를 썼다고 한다 어디선가 읽었는데 누군가 죽으면 그
사람이 기억하던 나 그 사람과 놀 때만 나오던 나도 죽게
된다 예전의 나는 연속되며 연속되지 않는다 그대로 살
거였다면 그대로 살았겠지 트랜스젠더 아이를 둔 부모는
그래서 상실감을 느낀다고
그 상실감은 내 몫이 아니다

221117

산책하다가:
제 목소리 더 변했죠?

(집게손가락으로 위아래를 오가는 곡선을 그리며) 진폭이
더 좁아지고 평균점이 더 낮아진 것 같아요
오랜만에 만난 친구와 저녁을 먹다가:
미안한데 내가 갑자기 웃는 거 너 때문 아니고 그냥 내
목소리가 신기해서 그런 거야 신경 쓰지 마
멀리 있는 친구에게 근황을 전하며:
나 이제 목소리를 낼 때 어떤 소리가 나올지 모르게 됐어
시각장애인 주인공이 나오는 드라마에서 들은 말:
시각장애가 없는 사람의 경우, 시각 정보가 다른 감각을
통해 들어오는 정보를 압도해 경험을 정의하곤 합니다
그래서 시각을 오감의 왕이라고 불러요
외모가(타인이 인식하는 나의 시각 정보가) 크게 변하지
않아서인지, 자주 듣는 목소리의 미묘한 차이는 감지하기
어려워서인지, 회사에서는 별말이 없다 사방에서 편견이
나를 지켜주고 있다

STRAWBERRY SWISHER
/ NO ONE ON THE CORNER

Strawberry Swisher에서 스트로베리는 맛이고 스위셔는
멋이다. 낱개로 판매되는 담배 종이에 왜 그런 이름이
붙냐고 묻는다면, 일반 담배용 종이보다는 도톰하고(마치
시럽에 한번 담갔다가 말린 것처럼) 색도 찻잎처럼
어두우니까(내가 기억하기론 밤색, 시가에 쓰이는
종이처럼). Swish, 바람이 얇고 팔랑이는 것을 어르는
소리, 아니면 길고 곧은 것이 공중을 가르는 소리. 그
소리처럼 이 종이로 말아 피우는 담배는 날렵할 테고, 그
끝을 밝히는 불꽃은 귀에 박힌 스터드 이어링처럼 짓궂게
빛날 것이다. 피어오르는 연기는 끊이지 않는 꼬리가
되어 콧날을, 턱선을, 머리칼을 간질일 것이다. 그러니까,
이것은 기호품. 사치품. 유흥품.
당시에는 담배 한 갑이 6달러 정도 했으니 한 개비에
1달러쯤 하는 스트로베리 스위셔를 사는 건 특별한
일이었다. 아무리 '성년'에 대한 개념이 다른 미국 남부라고
하더라도 겨우 열여섯이 넘은 아이들이 담배와 스위셔와

1리터들이 맥아주malt liquor를 사는 데엔 넉살과 깡이
필요했다. 그 일에 내가 자진하는 일은 거의 없었지만
대학 캠퍼스 바로 앞에 있는 주유소 편의점에서는 신분증
검사를 하지 않는 경우가 허다했기 때문에 기분을 내고
싶을 때면 앞머리를 내리고 아이라이너를 까끌하게 세운
다음 M과 함께 가게에 걸어 들어가곤 했다.
M은 만 열다섯 살 때부터 종종 운전을 해왔기 때문에
열여섯이 되고 운전면허를 딴 다음 달라진 건 매년 여름
맥도날드에서 아르바이트하며 모은 돈으로 중고차를 산
것밖에 없다고 했다. 언젠가는 실버였을 회색 도요타를
주유소에 세우고 기름을 넣는 동안 나는 조수석에서
빠져나와 편의점을 구경했다. 말이 편의점이지 한국에
있는 말끔한 체인점과 동류라고는 하기 어려운, 한쪽
벽면에는 낡은 슬러시 기계가 돌아가고 누렇게 바래가는
갈색 타일이 깔린 가게. 먼 길 떠나는 트럭 운전사들을
위한 각종 에너지드링크와 육포, 맵고 짜고 신 맛이
중독적인 고깔 모양 과자 타키스, 통통한 손가락
모양 스펀지케이크에 생크림을 충전한 트윙키 같은
불량식품이 있었다. 냉장고에는 네온색 마운틴듀와 콜라,
스프라이트… 그리고 그 아래가 1리터짜리 유리병에 담긴
맥아주. 웬만한 맥주보다 싼 그 술이나, 카페인과 알코올을
치사량에 가까운 농도로 혼합해 몇 년 뒤에는 안전상의
이유로 단종된 4Loko, 아니면 보드카에 각종 감미료와

과일 향을 주입해 만든 스미노프 아이스가 우리들의
기호식품이었다. 물론 스미노프 아이스 같은 걸 마시면
여자애라고 놀림받았지만, 그때 내 허벅지는 M의 팔뚝
크기만 했으니 그런 걸 마셔도 충분히 취하곤 했다.
기름을 다 넣은 M이 계산하러 가게로 들어오면 타이밍을
맞춰 나도 살 걸 들고 카운터로 갔다. 손끝을 빨갛게
물들이는 핫치토스, 여러 개를 연속으로 먹으면 이가 아파
오는 스니커즈, 맥아주 한 병과 스미노프 아이스. 하지만
사실 편의점에서 가장 흥미로운 구간은 카운터 바로
앞이다. 계산대 앞에서 1, 2달러짜리 간식이나 기호품을 더
집어 들게 만들기 위해 짜놓은 셋업. 그곳에 놓여 있는 게
바로 스트로베리 스위셔.
스위셔는 붉은색 플라스틱 포장지에 싸여 있다. 그레이프,
오리지널, 허니 같은 맛도 있었지만 그중에 고르라면
언제나 스트로베리였다.
그리고 카운터에 가서는 망설임 없이 담배 이름을 말해야
한다. 카멜 라이트, 말보로 실버, 아니면 가장 저렴한 멘솔
담배 뉴포트. M은 주유기 번호를 말한다. 다 같이요.
챙이 넓은 야구 모자를 썼지만 얼굴에는 햇볕을 오래 쬐어
깊이 팬 주름이 가득한 백인 남자가 우리 둘을 반쯤 열린
눈으로 훑는다. 나는 눈을 마주치는 대신 카운터 근처에
걸려 있는 키링 하나를 들어 올려 구경한다. Ain't Nothing
Sweeter! 이보다 달콤할 수 없다는 문구 아래 탐스러운

복숭아 캐릭터가 반짝이는 입술을 쭉 내밀며 윙크한다.
M은 카운터 직원의 눈길을 나도 지겨워 죽겠다는
표정으로 받아내고 있다. 곱슬거리는 금발이 그 애의
눈썹을 가리고, 플란넬 셔츠 안에 입은 밴드 티셔츠는
백 번쯤 세탁해 로고가 바래 있다. 남자는 코로 긴 숨을
내쉬고는 우리가 지불해야 하는 금액을 읊는다. 우리는
모든 걸 커다란 비닐봉지에 쓸어 담아 M의 차로 돌아온다.

×

M을 처음 만난 건 미국 남부 조지아주에 있는
학교에서였다. 캘리포니아에 있는 기숙학교로 유학을
가기로 했을 때와 달리, 조지아로 전학을 가게 되었다는
이야기에 주위 사람들은 의아해했다. "조지아에 뭐가
있는데?" 캘리포니아라면 한인들도 많고, 날씨도 좋고,
아름다운 해변과 관광지가 즐비하고, 미국에서도 가장
'악센트가 없는' 영어를 배울 수 있는 곳이라며 어른들은
부모님의 결정을 두둔했다. 나도 캘리포니아에 대해서는
영화로든 텔레비전으로든 접한 바가 있었다. 그런데
조지아에 무엇이 있는지에 대해서는 사실 한 가지
대답밖에 할 수 없었다. 고등학생 신분으로 대학 수업을
미리 들을 수 있다는 조기교육 프로그램.
전체 학생 수가 팔천 명쯤 되는 조지아의 한 대학에서는

캠퍼스 귀퉁이에 있는 기숙사 하나를 일흔 명 남짓의
고등학생들과 그들을 인솔하는 청년들에게 내주고 그들이
대학 수업을 듣는 것으로 고교 과정을 대체할 수 있게 하고
있었다. 그 프로그램에 진학한 학생들은 주로 조지아주
내에 살고 있는, 교육열이 높지만 어떤 이유에서든 자녀를
타지역 사립학교에는 보내지 않기로 한 부모를 둔 백인
아이들이었고, 기숙사에 입성하는 서른 명에서 마흔 명의
학생 중 외국인은 인도인 두세 명, 유럽인 한두 명, 그리고
불굴의 검색력으로 이 프로그램을 찾아낸 한국인 한두
명 정도였다. 나는 우리나라 교육과정으로 치면 중학교
3학년 과정에 해당하는 미국 고등학교 과정의 첫해를
캘리포니아에서 보냈는데, 그 학교에는 동아시아에서 유학
온 학생들이 수십 명이었고 한국인들이 그중 과반수를
차지했다. 그래 봤자 유색인종 학생은 전체의 5퍼센트,
그중에서도 흑인이나 라틴계 학생은 열 명 남짓이었던
것 같다. 캘리포니아에서 보낸 첫 학기에 가장 가깝게
지냈던 친구는 언제나 세미 정장에 가까운 검은 옷이나
흰옷만 입는 일본인이었는데, 그는 영어를 거의 구사하지
못했고 시간이 지날수록 기숙사 방 밖으로 나오는 것을
힘겨워해서 나는 곧 다른 친구를 찾아야 했다. 다행히
영문학 수업에서 우리 둘만 열심히 과제를 해오는 바람에
가까워진 캘리 출신 백인 여자애 K, 그리고 언제나
헝클어진 머리에 알록달록한 옷을 입고 있어 말을 걸어본

태국인 유학생 P를 사귀면서 겨우 학교에 적응해 나갈 수
있었다. 그러다 엄마가 조지아에 있는 학교 입학시험을
보자고 했고 면접을 거쳐 입학이 확정되었다곤 해도
왜 멀쩡한 캘리포니아 학교를 떠나기로 했는지는 잘
모르겠다. 개신교 재단에서 세운 그 학교에서 신자가 아닌
사람들은 천국에 가지 못한다고 가르쳐서였을 수도 있고,
가정 수업 시간에 선생님이 나시티를 입은 여자아이들의
손을 붙잡고 여성은 순결하고 단아할 때 가장 하나님
보시기에 좋다고 하셔서 그랬을 수도 있고, 어느 신실한
학부모의 민원 때문에 학교 도서관에서 《해리포터》
시리즈가 사라졌기 때문일 수도 있다. 아무튼 새로 사귄
친구들과 방에서 M.I.A.의 노래를 틀어놓고 춤을 춘다거나
손을 꼭 쥐고 공포영화를 볼 정도로 친해졌다는 건
좋았지만 그 학교가 아닌 다른 곳으로 가는 것도 나쁘지
않았다. 면접을 보러 갔던 하루의 인상이 조지아에 대해
아는 거의 전부였지만. 초여름부터 후덥지근해 땀이
나고 거의 모든 식당에서 눈이 번쩍 뜨일 정도로 다디단
아이스티를 판다는 것, 공항과 식당에서 일하는 서비스직
종사자 대다수가 흑인이라는 것, 사람들의 말이 어딘가는
엿가락처럼 늘어지고 어딘가는 엉겨 붙어서 알아듣는 데
시간이 좀 더 걸린다는 것. 조지아가 흑인 노예를 동원한
대규모 목화 재배를 통해 부를 축적한 곳이고 주도인
애틀랜타가 미국 내 흑인 인권운동의 발원지 중 하나라는

것, 학교 근방에서도 몇 번 본 적이 있는, 빨간 바탕에 대각선으로 파란 X자가 그려진 깃발이 남북전쟁 시절에는 노예제를 지속하려 한 남부의 연방기였고 오늘날에는 백인우월주의의 상징이기도 하다는 걸 알게 된 것은, 그곳에서 빠져나와 다시 미국 서부에서 대학 생활을 시작한 후의 일이었다.

조지아 학교는 열다섯에서 열아홉 살 사이의 아이들이 모인다는 점에서 이전 학교와 다를 바 없었으나 개신교 기반의 학교에서는 찾아볼 수 없었던 온갖 모서리를 드러내고 있었다. 과학 영재라 열세 살임에도 조기입학이 허락된 네덜란드인 A는 방 청소를 끔찍이도 하지 않아 룸메이트로부터 "땅에 떨어진 물건을 오늘 내로 치우지 않으면 싹 다 버리겠다"는 경고를 받았다. 대학생 남자 친구로부터 노트북을 선물받았다고 자랑하던 N은 결혼을 하게 되었다는 말을 남기고 학기 중에 학교에서 사라졌다. 반짝이는 머리칼과 그을린 피부에서 늘 달콤한 향이 나던 R은 흰색 구스다운 이불만 휘감고 자는 것으로 유명했고, 앞머리로 얼굴을 반쯤 덮은 채 자기비하적 농담을 즐겨하는 F는 스포츠카를 몰고 다니는 유대인 O가 홀로코스트에 대한 농담을 웃어넘기자 "앞으로 잘 지낼 수 있겠다"며 같이 담배를 피우고 다녔다. 이전 학교에서 흡연은 벌점 부여와 방과 후 반성문 쓰기 등으로 이어지는 금지 대상이었지만, 이곳에서는 조지아주 법에 따라

만 열여섯 살부터 합법이며 아무도 제지하지 않는 사교
활동이었다.

기숙사 밖, 수천 명의 대학생과 뒤섞이는 캠퍼스에서
가장 눈에 띈 건 도형 같은 문양이 프린트된 티셔츠를
입고 교내를 활보하는 학생들이었다. ΦΔΘ, ΑΣΦ, ΛΘΛ,
ΧΩ…. 처음에는 내가 모르는 의류 브랜드인가 싶었지만
그렇다기엔 티셔츠 색과 글자가 다르다는 것 외엔
디자인이랄 게 없었다. 그걸 입은 백인 여자애들은 대체로
허리까지 내려오는 금발을 휘날리고 백인 남자애들은
캡모자 위로 선글라스를 걸치고 있다는 점, 이 캠퍼스의
모든 조형물이 자신을 위해 만들어졌다는 듯이 은은한
미소를 띠고 나른하게 걸어 다닌다는 공통점이 있었지만
흑인 학생들 중에도 이 티셔츠를 입은 이들이 꽤 있었고
그들은 어쩐지 가슴을 힘주어 펴고 다니는 것처럼 보였다.
글자 티셔츠 사람들은 같은 글자가 박힌 옷을 입은 사람을
만나면 유독 반갑게 인사했고, 손가락을 독특하게 꼬아
서로에게 흔들기도 했다.

학기가 시작된 지 한 달 정도 된 시점에 이들의 정체를
알게 됐다. 수업을 마치고 기숙사로 돌아가던 길에 교내
광장에서 같은 글자 티셔츠를 입은 사람들끼리 모여서
왁자지껄 사진을 찍고 부스를 차려 자신들과 비슷한
용모의 사람들에게 종이를 나눠 주는 것을 본 나는
기숙사에 도착해 평소처럼 곧장 방으로 가지 않고 로비에

앉아 있던 생활지도사(그래 봤자 대학교 3학년일 뿐인)
B에게 물었다. "저기, 저 티셔츠 입고 몰려다니는 사람들은
뭐 하는 거야?" 언제나 폴로 셔츠와 반바지 차림에
말쑥한 인상인 흑인 남자애 B는 픽 웃더니 말했다. "쟤들?
형제자매를 찾아 나선 거야." B는 천장을 향해 눈을 굴렸다.
"Livin' the Greek life. 처음 봤구나."
단체명을 그리스 알파벳으로 짓기 때문에 '그릭 시스템'
'그릭 라이프'로 통칭되는 이 모임을 공식적으로는 '북미
대학에서 성행하는 동성 사교클럽' 정도로 소개할 수
있다. 프랫frat이라 줄여 부르는 프래터니티fraternity가
남성들의 모임이고, 소로리티sorority가 여성 모임인데,
이들이 최초로 조직된 1700년대 후반에는 이름난
집안의 자제들이 상부상조하기 위해 만든 비밀스러운
단체였던 것 같다. 그런 식의 입신양명도 중요한 가입
동기였겠으나 내가 다닌 학교에서 이들이 '형제자매'로서
하는 활동은 길바닥에 뻗을 때까지 술 마시기, 캠퍼스
근처 셰어하우스에서 파티 열기, 지저분하기만 하면
다행인 신입생 신고식 주최하기 등으로 요약할 수
있었다. 물론 모든 프랫이나 소로리티가 이런 것은 아닐
것이다. 1900년대 초부터 생겨난 흑인 중심의 프랫과
소로리티의 구성원 중에는 마틴 루서 킹이나 W. E. B.
듀보이스 같은 인권운동가와 학자들도 있었다. 그렇지만
내가 다닌 학교에서의 '그릭 라이프'란 이제 와 생각해

보면 가장 가까운 대도시에서 차로 두 시간 정도 떨어진 캠퍼스에서 최대한의 향락을 최다 인원에게 소속감을 부여하며 즐기는 방법이었던 것 같다. 또한 재학생의 절반 이상이 '그릭 라이프'에 참여하는 것처럼 느껴졌을 정도로 형제자매들의 우애가 과시되었던 것과 그 학교의 졸업률이 그때나 지금이나 50퍼센트에 미치지 않는 것에는 어떤 연관성이 있다고 느껴진다.

이런 환경에 백 명도 되지 않는, 각자 본래 다니던 학교에서는 내로라하는 우등생이었던 10대 청소년을 한 기숙사에 몰아넣고 '미국 어디에서도 하기 어려운 경험'을 함께하게 하는 것은 당연하게도 뼈가 으스러질 강도의 포옹과 담뱃불에 구멍 난 후드티, 대형 슈퍼의 애완동물 코너에서 팔리지 않는 물고기를 구경하던 밤, 떠나온 곳의 사람들이 알아볼 수 없는 사람이 되는 일, 기존의 방어기제를 부서질 때까지 사용하다 얻어걸린 대체재로 분열된 자아를 이어 붙이는 일을 수반했다. 적어도 나의 경우엔 말이다.

×

미국에서의 유학 생활이 어땠느냐는 질문은 사실 많은 경우 '어떻게'에 대한 질문이다. 어떤 이들은 내가 얼마나 많은 '외국인'들과 친해졌는지와 그 노하우를 알고 싶어

한다. 어떤 이들은 내가 조기교육의 폐해를 증언하길
바라고 그럼에도 어떻게 거기서 살아 돌아왔는지 듣고
싶어 한다. 어떤 이들은 나의 부모가 어떻게 나를 미국에
보냈는지, 돈은 얼마나 들고 지역과 학교를 어떻게
선택했는지 궁금해한다. 유학 경험이 있는 사람들
사이에서는 그나마 질문이 좁혀진다. 그 지역은 살기에
어땠는지. 전공으로는 무얼 택했는지. 운전면허가
있었는지.

서른이 넘은 지금까지 받은 적이나 답한 적이 없는 질문은
하나다. 2000년대가 저물어가고 내가 열여섯에서 열여덟
번째 생일을 맞던 시기, 그때 조지아에 살던 아이는
누구였을까?

×

그때 나는 Jodie라고 불렸고 '호영'은 서류에 찍힐 때나
쓸모가 있었다. 기숙사엔 이름이 같은 남자애가 있었는데,
어깨까지 내려오는 힘 없는 갈색 머리를 하나로 묶고
다녔고 조지아의 푹푹 찌는 한여름에도 목폴라와 긴
바지를 입었다. 더운 날에는 바지에서 손수건을 꺼내 연신
이마와 목에 흐르는 땀을 훔쳤는데, 희고 연약해 보이는
피부는 언제나 여드름 자국으로 울긋불긋했다. 이름
외엔 하나도 겹치는 게 없다고 생각해 온 그에 대해 지금

떠오르는 건 그가 한여름 더위를 참지 못하고 잠깐 소매를
팔꿈치까지 걷어 올렸던 순간이다. 그때 그 애의 손목부터
팔꿈치까지, 빽빽하게 나 있는 털을 보았다. 그 아이는
기숙사 로비에서 남학생 방으로 향하는 복도를 걸어가다
로비에 있는 사람들이 자신을 보지 못하게 몸을 틀고는
손수건으로 팔을 벅벅 문지르더니 재빨리 소맷단을
끌어 내렸다. 그때 걔를 본 사람이 나 말고도 있었는지
모르겠다.

나는 주로 헐렁한 프린트 티셔츠와 스키니진, 드물게는
짧은 청 반바지를 입었다. 학기 초 어느 날엔 신입생
일고여덟 명이 누군가의 기숙사 방에 모여 다 같이 〈록키
호러 픽쳐 쇼〉를 보게 됐다. 자리가 충분하지 않아서 네
명이 3인용 소파에 끼겨 앉았고 나는 그들 위에 다리를
뻗고 반쯤 누운 상태로 영화를 봤다. 이전의 나라면 그런
짓을 절대 하지 않았을 테지만 나에게는 새로운 학교에서
새로운 사람들을 만나 나 자신을 재발명할 의무가 있었다.
이때 나는 그 학교에서 두 번째 학기를 맞는 참이었다.
사실 조지아에서 보낸 첫 학기에 나는 거의 존재감이
없는 아이였다. 일흔 명 남짓 모여 사는 기숙사는 1층
로비를 기준으로 왼편에는 여학생 방, 오른편에는 남학생
방이 줄지어 있었는데, 로비에서는 언제나 말재주 좋고
사교적인 아이들이 떠들고 있었다. 그곳에서 처음으로
여기 아이들이 〈사우스 파크〉 같은 미국 코미디를 볼 때

나는 한국에서 〈쇼! 음악중심〉에 나오는 동방신기 노래를 따라 부르면서 커왔다는 걸 실감했다. 로비에서 팝콘 튀듯 빠르게 펼쳐지는 대화를 듣고 있는 것도 한두 번, 이내 나는 쉬는 시간이 생기면 주로 공용 스터디룸에서 다른 한국인 유학생 언니와 후리카케 뿌린 햇반을 먹거나 침대에 누워 불량 학생들이 나오는 오래된 일드를 봤다. 어느 날은 교내 식당에서 기숙사로 돌아오는 길에 같은 학년인 금발 머리 여자애 둘과 동선이 겹쳐 그들 뒤를 따라 걸었다. 기숙사 문 앞에서 그들은 나보다 먼저 문을 밀고 들어갔고 나는 문이 닫히지 않게 잡으면서 반사적으로 말했다. "Thank you." 그 순간 문턱 너머에 선 여자애들 중 하나가 놀란 표정으로 날 돌아봤다. "Oh honey. 미안해, 네가 거기 있는 줄 몰랐어."
미국에서 처음 사는 것도 아니었고 영어를 못하는 것도 아니었다. 다만 어떤 사람이 되어야 할지 몰랐다.

조지아 학교에서 지정해 준 멘토는 키도 얼굴도 손발도 모두 자그마한 열여덟 살의 교포였다. 그녀는 납작한 얼굴 양옆으로 늘어뜨린 생머리 두 가닥이 얼굴에 잘 붙어 있는지 확인하려는 듯 머리를 매만지며 말하는 습관이 있었다. 그 언니는 주로 몸에 딱 붙는 파스텔 톤 티셔츠에 마찬가지로 물 탄 색의 타이트한 로라이즈 부츠컷 청바지를 입고 다녔다. 처음 봤을 때는 화장기 없이 반질반질한 얼굴이나 허리가 길어 보이는 옷차림 때문에 초등학생 때 모두에게 칭찬만 받던 공붓벌레 반장을 떠올렸다. 그런데 뜻밖에도 그녀는 언제나 헐렁한 티셔츠에 카고 반바지와 러닝화 차림인, 서로 머리색까지 비슷해서 구분이 어려운 백인 남자애 세 명을 데리고 다녔다. 처음에는 이 동네에선 이런 미감이 인기인가 보다 하며 머릿속 백과사전을 업데이트했지만, 학기가 시작되고 다른 학생들을 마주하면서 그녀가 청순한 교회 언니 스타일로 특정 부류의(말하자면 너드 같은) 백인 남자애들에게 인기가 있다는 사실을 알게 되었다. '교회 다니는 애'와 '아닌 애'라는 분류는 침례교가 꽉 잡고 있는 남부 사회에서 상당히 유효한 범주였다. 옷차림에서만 드러나는 건 아니지만 10대 청소년에게 옷차림이란 인상의 거의 전부이므로 매주 열리는 층별 회의 — 게다가 일요일 밤에 열리기 때문에 거의 모두가 잠옷을 입고 있는 상황 — 에서 다른 애들이 무엇을 입는지를 관찰하는 건 중요했다. '교회 다니는 애'들은 늘 넉넉한 티셔츠와 긴 바지, 아주 가끔은 무릎 위로 올라오는 반바지를 입었다. '아닌 애'들은 끈나시에 팬티, 또는 핫팬츠. 청소 당번에 대한 논의나 공용공간 사용에 대한 주의 사항은 친한 아이들끼리 눈을 흘기며 주고받는 농담으로 이어졌다. "얘 봐, 얘는 먹는 게 다 가슴으로 간다. 개부러워." "무거우니까 좀 가져가든지." "먹어서 그런 거 아닐걸? 남친이 하도 주물러대서 그런 거 아냐?"
물론 이 이분법에 딱 들어맞지 않는 이들도 있었다. 예를
들어 나. 큰 뿔테 안경에 아디다스 추리닝을 애호하던
유학생 언니. 아직 열세 살밖에 안된 과학 영재 A. 내가
보기엔 부치인데 어떻게든 자신이 바이섹슈얼임을 언급할
방법을 찾아내는 N. 그리고 공군 입대를 준비하고 있는 D.
이목구비가 다이애나 왕세자빈을 빼닮은 D를 제외하면,
'나머지들'의 공통점은 이곳의 기준에서 '여자'이기에
실패한 몸이라는 점이었다.
나의 문제는 일단 너무 말라서 몸이 어린애와 다름없다는
데 있었다. 실제로 미국에 오고 나서부터는 신발이나 옷을
종종 아동복 코너에서 샀었고, 쇼핑몰에서 한 번 입어본
홀터톱은 끈을 받칠 가슴이 없는 나머지 거미줄처럼 몸에
들러붙었다. 당시의 맨얼굴-티셔츠-청바지 룩은 나와
비슷하게 '볼륨감'이라곤 없는 사람들도 '여자'로 보고,
나시티 같은 건 입지 말라고 훈계하는 선생님이 있던 지난
학교에서는 문제 될 게 없었지만, 열여섯 살이나 되어서
이런 스타일을 고수한다면 나는 여느 아시안처럼 말수
적고 공부나 좀 하는 투명 인간으로 살아가게 될 터였다.
그렇게 첫 학기를 마치고 맞이한 방학에 폐가 고장 났다.
수술을 하고 휴학을 하게 되면서 나는 다음 학기부터 다른
사람이 되기로 마음먹었다. 돌아가면 다시는 다른 한국인,
아니 아시안과 말을 섞지 않을 것이다.

×

결심이 무색하게도 학교에 돌아간 후 가장 친해진 아이는
파키스탄계 미국인 아이샤였다. 대학 입시지원서에 한
줄이라도 더 쓰려고 학교 홍보대사 역할에 자원한 나는
여름방학이 끝나기 전 기숙사에 미리 도착해 로비에 앉아
신입생들을 기다렸다. 내 몸통보다 커다란 기타 가방을
메고 실용음악학원을 오가며 봄여름을 보낸 덕분에 6:4
가르마로 앞머리를 내리고 아이라인 그리는 방법을
터득한 열일곱. 그 얼굴에 학교에서 나눠 준 빨간색 폴로
셔츠, 스키니진, 하이톱 컨버스를 매치하고 나니 적당히
규범적이면서도 개성 있는 학생의 모습이 연출되었다.
아이샤는 처음 봤을 때부터 눈에 띄는 아이였다. 연보라색
스카프로 머리를 싸매고 있었으니까. 자고로 사람의
머리란 이렇게 감싸져야 한다는 생각이 들 정도로
스카프는 빈틈없이 아이샤의 얼굴을 둘렀다. 동그란
이마를 지나 귀를 덮고 턱 아래를 가로지른 천이 목뒤와
어깨 언저리에서 하늘거렸다. 그렇게 감싸인 머리가
조약돌처럼 작아서 눈, 코, 입이 모두 비현실적으로 크게
느껴졌다. 손등까지 덮는 얇은 긴팔을 입은 그 아이가
짐을 끌고 기숙사를 향해 걸어오는데 이상하게 자동문이
작동하지 않았다. 뒷걸음질로 다시 인식 구역을 디뎌도
반응이 없어서 내가 달려 나가 문을 열어젖혔다.

"말썽이네 이거. 가끔 나한테도 이래."

"정말?" 아이샤는 눈썹을 치켜들었다. "여기 자동문은
피부색이 갈색인 애들만 골라서 골탕 먹여?"

피부색이 갈색인 애들brown kids. 아이샤나 나나 아마
한여름 내내 선탠을 해야 미국 애들이 점심을 넣어 다니는
크라프트지 종이봉투색이 될까 말까 할 정도로 피부색이
밝았지만, 나는 아이샤와 나를 '우리'로 묶는 그 말을
단번에 이해하고 웃었다. 아이샤는 그렇게 싱긋, 한두 번
겪는 일이냐는 듯 웃고 고맙다는 말을 하면서 자기 몸의 세
배는 되어 보이는 짐 가방을 끌고 기숙사에 입장했다.

아이샤는 그 당시 160센티미터 정도였던 나보다도
체구가 작았다. "1인치만 더 작았어도 법적으로 난쟁이라
장애인 칸에 주차할 수 있었을 텐데"라며 아쉬워할
정도로. 걸어서 15분 거리의 학교 식당까지 걷기가 귀찮은
누군가가 운전을 부탁하면 아이샤는 눈을 동그랗게
떴다. "Excuse me? 나보고 운전을 하라고? 내가 너네들
운전기사 해주는 게 어때 보일지 생각은 해봤어?"라며
코웃음을 쳤다. 그러다가 다른 애가 운전을 하겠다고
나서면 "역시 이민자 출신이 아닌 애들은 절약 정신이
없다"고 비아냥대면서도 "나랑 Jodie는 작으니까 우리
둘이 조수석에 탈게"라고 어필하는 식이었다. 아이샤는

공강 때면 침대에 걸터앉아 언제쯤 완성될지 모를
정교한 패턴의 담요를 뜨개질했고 그녀 주위에는 나처럼
어설픈 여자애들이 하나둘 모였다. 우리 둘은 기숙사
화장실에서 머리를 부분 탈색 했는데, 그 후 아이샤는
목을 덮는 뒷머리를 진한 초록색으로, 나는 앞머리를 네온
보라색으로 염색했다. 히잡에 주로 가려져 있는 머리색을
가장 자주 보는 건 룸메이트인 나였다.

×

내가 처음 보는 아이들의 무릎 위로 다리를 뻗고 〈록키
호러 픽쳐 쇼〉를 봤던 날, M은 내가 드러누운 소파 뒤편에
앉아 영화를 보는 나를 보았다. 그렇게 영화를 보겠다고
자진했을 때는 주목받는 걸 즐기는 앤가 했는데, 자세를
보니 영 어색해하고 있더라고, 그날로부터 몇 주가 지난
새벽, 텅 빈 기숙사 지하 1층에서 둘이 영화를 보게
되었을 때 말해주었다. M은 미국 남부에서 자랐지만
남부식 억양 없이 말하는 법을 터득한 아이였다. 로비에
몇 개 없는 1인용 의자 하나를 온전히 차지하고 말재주로
모두를 웃겼다. 잘생겼다고 하기엔 얼굴선이 투박했지만
쓸데없이 긴 속눈썹으로 둘러싸인 눈에 쓸쓸함이
비쳤고 그건 이야기를 지어내기 좋아하는 나에게 문제가
되었다. M이 우스꽝스럽고 요란하게 놀수록 — 기숙사

로비에서 비욘세 뮤직비디오에 나온 춤을 따라 춘다거나,
선글라스로 얼굴을 반쯤 가리고 래퍼들의 체인처럼 커다란
플라스틱 진주 목걸이를 걸친 셀피로 페이스북 프로필
사진을 바꾼다거나 — 걔가 우리 둘만 남을 때 하는 말들이
나에게 더 특별해졌기 때문이었다.

혼자서는 갈 수 없는 많은 곳에 M과 갔다. 맥아주와
스위셔를 파는 주유소 편의점뿐만 아니라, 몸이 바닥과
만나기 전에 타인의 몸뚱이와 부딪칠 것이라고 믿는
사람들로 가득한 라이브하우스. 이슬에 젖은 풋볼 필드.
새벽에 팬케이크를 먹으러 들어간 다이너와, 머리통을
징 — 징 — 울리는 베이스음이 자기장을 형성하는
뒷마당. 침묵이 눅눅하게 쌓인 남의 집 침대. M과 함께
있을 때면 나는 아무에게도 내가 누군지를 설명할 필요가
없었다. 나보다 머리통 하나는 큰 키에 부스스한 금발.
앞으로 약간 굽어 있는 넉넉한 어깨. 지갑의 윤곽선
모양으로 바랜 청바지 뒷주머니. 양발을 벌리고 서서
주머니에 찔러 넣은 손. 어딜 가든, 내가 이곳에 어떻게
왔는가에 대한 이보다 뚜렷한 응답이란, 적어도 내 몸에서
나올 수 있는 것 중엔 없었다.

×

NO ONE ON THE CORNER HAVE SWAGGER LIKE US

— M.I.A., ⟨Paper Planes⟩

삑 — 삑 —

알람 소리에 어둑한 방에서 눈을 뜬다. 방 건너편 침대에서
부스럭거리는 소리. 커다란 티셔츠와 얇은 고무줄 바지
위에 카디건을 걸친 아이샤가 부스스한 머리로 침대를
정돈하고 있다. 하품을 하며 상체를 일으키자 뒤돌아본다.
"일어날 필요 없어, 그냥 자."
"아냐, 오늘 하루는 같이 하기로 했잖아."
"진짜 할 생각인 줄은 몰랐지."
"어제 그렇게 떵떵거리면서 모두에게 말했는데도?"
"응. 말은 그렇게 해도 네가 진짜 해 뜨기 전에 일어날
거라고는⋯."
"와, 내 우정을 그렇게 못 믿어?"
"마음은 믿지, 믿어도 때로는! 몸이 안 따라줄 때도 있다는
걸 안단 말이야. 그래도 세상에~ 새벽부터 Ho와 함께하게
되다니."
시각은 새벽 5시 반, 오늘은 라마단의 마지막 날이자 내가
아이샤와 함께 금식을 하겠다고 선언한 날이다. 평소보다
두 시간 일찍 일어난 내가 눈을 비비면서 침대 밖으로

나오는 동안 아이샤는 세면도구가 들어 있는 바구니를
들고 자기 침대에 걸터앉아 나를 기다려준다. 이 방에서
함께 살기 시작한 건 지난 학기라 이제는 각자의 구역을
제법 꾸며놓았다. 방문 맞은편 창문을 기준으로 왼편에는
아이샤의 침대, 오른편에는 우리 둘이 나눠 쓰는 기다란
책상과 의자 두 개가 놓여 있다. 책상이 벽면을 반쯤
차지하고 있으니 방의 우측 하단 벽면을 차지하는 건 내가
쓰는 침대. 그 침대 맞은편으로는 탁한 하늘색 철제 옷장
두 개와 서랍장이 딸린 거울이 보인다. 아이샤의 침대는
직접 뜨개질한 보라색 담요로 덮여 있고, 침대 바로 옆
바닥에는 폭신한 갈색 매트가 깔려 있다. 내 침대엔 청록색
이불과 벽과 벽이 만나는 모서리에 몰아넣고 등받이로
쓰길 좋아하는 베개 세 개가 엉켜 있다. 침대 위쪽 벽에는
영화 〈미스 리틀 선샤인〉의 샛노란 포스터. 아이샤는
그 포스터에 대해 "a perfect yellow shade for my yellow
ho"라고 말한 바 있지만 그 포스터를 붙여놓은 이유는
내가 미국에서는 '노란색'인 유색인으로 통한다는 것을
받아들이고 나의 '황인성'을 자랑스럽게 여기게 되었기
때문이 아니라 내가 그 영화에 등장하는 찌질한 남자애를
좋아하기 때문이다. 새까맣게 염색한 바가지머리 커튼을
통해서만 세상을 바라보고 영화 내내 묵언수행을 하다가
자신의 꿈이 좌절된 순간 가족들이 모두 타고 있는 달리는
차에서 뛰어내려 FUUUUUUCCCCCCCKKKK 비명을

지르는, 폴 다노가 연기하는 남자애 말이다. 이때 걔를
좋아한다는 말은 걔를 화면에서 본 순간 그 애를 만지고
싶었다는 뜻이기도 하고 내가 걔라는, 걔였으면 좋겠다는
생각을 머릿속에서 지울 수 없다는 뜻이기도 하다. 사실 이
영화의 주인공은 리듬체조나 무대용 메이크업을 완벽하게
소화하는 소녀들이 출연하는 유아 대상 미인 경연
대회에 참가한 안경잡이 소녀다. 말랑하고 볼록한 몸의
아이는 경연 대회의 스포트라이트 아래에서 마약중독자
할아버지가 가르쳐준 섹시 댄스를 춘다. 물론 그 아이도
나는 좋아한다. 나는 그 아이를 가여워하고 귀여워하면서
눈물을 흘리고 웃음을 터트린다. 그렇지만 사회에
대처하는 방법이 귀엽지도 않은 방식으로 완전히 그릇된,
그렇게 해서라도 자신을 지키고 원하는 바를 얻어내고
싶어 하는 그 짜치는 소년이 화면에 나올 때면, 나는 그
애의 몸을 내 눈으로 빨아들이느라 다른 무엇도 보지
못한다.

우리끼리 있을 때면 아이샤는 나를 Jodie가 아니라
Ho라고 부른다. 내 한국어 이름이 무슨 뜻인지 알고
있지만, 라디오를 틀면 어느 채널에서나 나오는, 자신에게
손톱만큼의 관심이라도 주는 여자를 ho, 그러니까
창녀whore라고 부르면서 그들이 얼마나 셀 수 없이 많은지
유세 부리기 좋아하는 래퍼들처럼 나를 'my Ho'라고
부르길 좋아한다. 기숙사 복도 저편에서 날 발견하고 길게

모음을 늘이며 슬로모션으로 손을 흔드는, 하늘하늘한
히잡을 쓰고 지친 표정으로 미소 짓는 아이샤를 보면 피식
웃음부터 나온다.

나는 침대에서 빠져나와 옷장의 내용물을 가린 커튼을
젖혀 내 몫의 세면도구를 챙긴 후 방문을 연다. 거칠한
푸른색 카펫이 깔린 텅 빈 복도. 우리는 비척비척 공용
여자 화장실로 향한다.

"으악! 여기 원래 이렇게 밝았나?"

"응. 형광등 최악이지."

아이샤는 얼른 이곳에서 빠져나가는 게 상책이라는 듯
세수할 때 쓰는 헤드밴드를 재빨리 뒤집어썼다가 이마
위로 끌어당기곤 눈을 질끈 감은 채 얼굴에 물을 끼얹는다.
빛을 찾는 풀고사리처럼 턱 끝을 향해 곱은 단발머리가
튀어 오르는 물방울에 조금씩 젖어 든다. 거울 속 내
얼굴은 선이 희미하고 멀겋다. 흐릿한 타원 주위로
새까맣고 새파란 머리카락이 이죽댄다. 나는 칫솔을
입안에 밀어 넣고, 젖은 손으로 머리를 빗어 내리며 붕 뜬
머리를 누른다.

세수를 하고 방으로 돌아온 아이샤는 전기포트에 물을
올린다. "차라도 마시면 좀 괜찮아." 얼굴에 로션을
문지르는 사이 달칵, 소리가 나고 홍차 향이 공기 중에
퍼진다. "Hey gurl." 아이샤가 손에 머그잔을 쥐여준다.
"어떻게 이 시간에 맨날 일어났어?"

"나도 라마단 기간에나 하는 거지, 알잖아."

"그래도… 근데 우리 진짜 오늘 해 떠 있는 동안엔 물도 마시면 안 돼?"

"응. 너 진짜 금식할 자신 있어? 너무 힘들면 중간에 간식 먹어."

"할 거라니까. 솔직히 먹는 거는 버티겠는데 물 못 마시는 게 걱정이야."

"맞아, 나도 입이 바짝 마르니까, 그게 제일 신경 쓰여. 그래도 하다 보면 익숙해져. 먹는 거 생각 안 해도 되니까 편하기도 하고. 너처럼 하루만 하려고 생각하면 그게 더 힘들지."

"그런가… 근데 난 이따 먹을 부리토가 얼마나 맛있을지 벌써부터 기대돼."

"너 솔직히 부리토 더 맛있게 먹으려고 금식하는 거지?"

"아, 아니라고! 너랑 한 번이라도 같이 해보고 싶어서 그래."

아이샤는 킥킥 웃으면서 침대에 걸터앉아 그래놀라에 두유를 부어 먹는다. 나는 침대 아래에서 모서리가 까진 우체국택배 상자를 끄집어낸다. 이건 내가 라면과 즉석 된장국 같은 귀중한 식량을 보관하는 보물 창고다. 오늘은 특별한 날이니까, 아껴둔 레토르트 전복죽을 스스로에게 허락하기로 한다. 나는 죽을 전자레인지에 돌리고 스리라차소스를 뿌린 후, 손톱만 한 플라스틱 숟가락으로 묽은 국물에 풀어진 밥알을 떠먹는다.

"근데, 이따 그 부리토 가게에 너도 먹을 수 있는 거
있겠지?"
"응, 전에 가봤는데 소고기나 채식 메뉴 있으니까 그거
먹으면 돼."
"다행이다. 이따 S랑 J도 온다고 했어."
"알겠어. 나 마지막 수업이 6시에 끝나니까 그때 기숙사
앞에서 봐."
"난 5시에 끝나는데… 어떻게 기다리냐."
"애들이랑 로비에서 카드 게임 하다 보면 시간 잘 갈걸?
어차피 해 지는 시간이 6시 넘어서라 밥은 6시 반은 돼야
먹을 수 있어."
아침을 다 먹은 아이샤는 옷을 갈아입기 시작한다. 흰
나시티, 그리고 허리에서 넉넉하게 퍼져 엉덩이를 덮는
부드러운 긴팔. 연한 색의 부츠컷 청바지. 아이라이너.
머리를 감싸고 어깨까지 내려오는 하늘색 히잡.
그리고 나: 다리를 넣고 폴짝 뛰어야만 들어가는 까만색
스키니진. 딱히 입을 필요가 없는 까만색 브라. 파란색
나시. 벼락 맞은 고양이가 그려진, 허벅지까지 내려오는
오버사이즈 반팔.
아이샤는 실내용 슬리퍼를 벗고 초록색과 노란색 실로 수
놓인 밤색 플랫슈즈를 신는다. 나는 흰색 고무 부분에 E. E.
커밍스의 시를 낙서한 컨버스 하이톱에 발을 넣는다. 각자
책가방을 짊어지고, 우리는 다시 방문을 연다.

×

조지아에서 보낸 시간의 한 축에는 M이 있고 다른 축에는
아이샤가 있다. 두 사람은 물론 서로에 대해 알고 있었지만
우리 셋이 함께 무언가를 하는 경우는 없었다. 그리고 나는
많은 시간을 아이샤의 친구이기보다 M의 여자 친구로
보냈다.

내 기억에 아이샤는 그 시기 우리 기숙사는 물론이고
학교 캠퍼스에서 유일하게 히잡을 쓴 여자애였다. 우리가
조지아 학교에 함께 다니기 시작한 2008년은 9.11 테러가
일어난 지 7년 후, 영화 〈슬럼독 밀리어네어〉가 대히트를
치기 1년 전, 버락 오바마가 미국 최초의 흑인 대통령으로
당선되기 2년 전, 오바마 정부가 오사마 빈 라덴을
살해함으로써 매번 공화당이 물고 늘어지는 자신의 미들
네임middle name '후세인'을 세탁하는 데 성공하기 3년
전이었다. 학교에는 다른 무슬림 애들이 있었지만 그들은
술을 마시고 담배를 피우는 것, 맨살을 드러내는 옷을
입거나 기숙사 로비에서 애인의 볼에 입을 맞추는 데
거리낌이 없었다. 나는 남들 보는 자리에서 M의 손을 잡는
것조차 거부했지만 그의 옆자리에서 로비에서 벌어지는
일들을 지켜봤다. 그러다 여자 기숙사 층으로 내려가게
되면, 그곳의 공용 소파에 앉아 책을 읽거나 뜨개질하거나
여자애들에게 둘러싸여 열변을 토하고 있는 아이샤의

곁으로 갔다. 아이샤 주위에 출몰하는 아이들로 말하자면:
남성용 흰색 러닝셔츠에 커다란 은색 체인 목걸이를 하고
걸을 때마다 목걸이의 태양 모양 장식이 거대한 가슴 위로
튀어 오르던 S. 빈티지숍에서 LP를 모으고 주말마다 집에서
쿠키를 구워 오던 N. 웃을 때면 살짝 벌어진 앞니가 보이고
언제나 덤벙대던 J. 걸어 다니면서 철학책을 읽는 카드
게임의 귀재 A… 그리고 나. 우리는 모두 아이샤를 웃기고
싶어 했고 아이샤에게 고민을 털어놓았다. 아이샤가
우리의 이야기를 들으며 웃고 화를 내주고 두 팔을 벌리면
우리들은 아무리 키나 가슴이 크더라도 몸을 숙여 그 작은
품에 머리를 들이밀었다.

아이샤와 친구로 지내면서 아이샤네 집에 세 번 정도
가봤다. 하루 다섯 번 기도 시간에 맞춰 종이 울리고,
삼대가 모여 사는 3층 집. 그 집에는 맨발을 소리 없이
감싸는 베이지색 카펫이 깔려 있었고 벽에는 아이샤의
할머니가 금빛 잉크로 필사한 쿠란 구절 액자가 가득했다.
아이샤의 어머니는 끼니마다 긴 시간 끓이고 조려야만
완성되는 음식을 대접했다. 식탁에는 아이샤의 두 언니와
쌍둥이 동생들, 할머니, 부모님, 그리고 나와 아이샤까지
아홉 명이 앉아도 자리가 남았다. 의사인 아이샤의
아버지가 매번 식사 시간에 함께하는 것은 아니었지만
그와 함께 식사하는 날이면 나는 그의 질문에 답하는
방식으로만 말할 수 있다고 느꼈다. 그건 스무 살이 넘어

아이샤를 만나러 갔을 때도 마찬가지였다. 그날 우리는
캘리포니아롤이 나오는 스시집에 갔다가 두꺼운 시계를
찬 남자들이 머리를 가리지 않은 여자들을 길게 눈에 담는
물 담배 바에 들렀다. ("내가 여기 있는 걸 알면 부모님이
날 죽일 거야.") 그곳에서는 아이샤 주위로 나비들이
모였다. 인사를 하기 위해 몸을 숙일 때면 꽃향기와 함께
연기 냄새를 풍기는 여자들. 손톱이 반짝이고 눈꼬리가
칼날처럼 날렵한.

내가 조지아에서 아이샤와 함께 보낸 시간은 겨우 1년 반
정도였다. 그리고 우리가 더 오래 함께 있지 못한 것은
나 때문이다. 아이샤와 같은 방을 쓰면서 나는 아이샤가
아침잠이 많다는 걸 알게 되었다. 시간이 지날수록 낮잠도
많이 잤다. 여자 기숙사 공용 소파에 앉아 있는 일도 차츰
줄어들어 침대에서 뜨개질을 하거나 플랫슈즈를 신은
발만 침대 바깥으로 내놓은 채 벽에 등을 기대고 졸았다.
잘 거면 편하게 신발 벗고 눕지 그래, 하면 몸을 들썩이며
깨어나 잘 생각은 아니었다고 했다. 그 시기 나는 방에서
보내는 시간을 최소한으로 줄였다. 아이샤의 발에서 시고
텁텁한 땀 냄새와 흙냄새가 나는 것 같았다. 그건 말라붙은
피 냄새 같기도 했다. 그러다 아이샤가 많이 아픈 날이
있었다. 기숙사 방의 창백한 불빛 아래에서, 아이샤는
머릿속의 끈질긴 목소리를 잠재우기 위해 무슨 일을
했는지 나에게 털어놓았다. 며칠 뒤 나는 교내 상담사에게

아이샤의 이야기를 했고, 아이샤는 그 이후로 학교에
돌아오지 못했다.

여름방학 사이 주고받은 이메일에서 아이샤는 부모님이
자신을 파키스탄에 있는 이공계 고등학교에 보내기로
했다고 알려주었다. 우리는 계속 이메일을 주고받았고
나는 아이샤가 떠난 다음 학기에 교칙 위반으로 학교에서
쫓겨났다. 그래도 우리 둘 다 어찌저찌 대학에 갔다.
아이샤는 의대 진학을 목표로 생물이나 화학 수업을 많이
들었고, 한 교수는 아이샤에게 연구자로서 재능이 있다며
대학원 진학을 권했다. 아이샤도 그렇게 하고 싶어 했지만
아버지를 설득하지 못해 치대에 진학했다.

얼마 전 아이샤는 나에게 오늘 정말 좋은 일이 있었다며
이메일을 보냈다. 이메일에 첨부된 사진에는 입이 귀에
걸릴 것처럼 활짝 웃고 있는 단발머리 아주머니가 있었다.
오늘 앞니 임플란트를 하신 분이야. 난생처음 이렇게
웃어본다고 하셨어.

아이샤는 이제 가족이 사는 조지아로부터 자동차로 편도
다섯 시간 정도 떨어진 곳에 살고 있다. 부모님은 좀 더
가까운 곳으로 이사 올 생각이 없냐고, 결혼도 해야 하지
않겠냐고, 이제 개인 클리닉을 개원할 시점이 아니냐고
자꾸 묻는다고 한다. 근데 난 전혀 그럴 필요를 못 느껴.
아이샤는 말했다. 다섯 시간 꼬박 운전하면 힘들지 않냐고,
그런 건 트럭 운전사라도 힘들다고 그러는데, 난 그 시간이

정말 좋아.

그 말이 무슨 뜻인지 안다. 나는 아이샤가 모는 차를
타봤으니까. 어딘가로 멀리 떠나는 아이샤를 떠올린다.
운전대와 높이를 맞추기 위해 등받이에는 쿠션을 덧대고
시트에는 방석을 깔아뒀을 것이다. 시동을 걸고, 먼 길을
떠나기 전 음악을 고를 것이다. 화려한 기타 리프에 코끝을
찡그리고 손을 털게 되는 노래일 수도 있고, 코러스를
따라 부르게 되는 히트곡일 수도 있다. 우리가 열여섯,
열일곱이었을 때 자주 들었던, 훅이 나오는 순간 턱을
하늘로 치켜들고 눈은 반쯤 감은 채 어깨를 들썩이게
만드는 남부 힙합일 수도 있을 테다. 조수석에서 그 애와
함께 달리고 있는 것처럼, 바람에 한 줄기 길을 내는
콧날을, 노래를 따라 부르느라 오므려지고 벌어지는
입술을, 사이사이 반짝이는 송곳니를 떠올린다. 둥, 둥
울리는 베이스에 올라탄 몸을, 자꾸만 색을 바꾸며
넘실대는 몸을. 그렇게 소리와 바람과 빛과 한편이 되어
질주할 때, 우리를 건드릴 수 있는 건 이 세상에 아무것도
없다.

초 대

크기: *세로 10cm 가로 6cm 정도*
작업 스타일: *빽빽한 채색(사진처럼 은색/푸른빛이 나면*
　　　　좋겠어요)
위치: *왼쪽 팔꿈치 바로 위(꽃이 손목을 향하도록)*
날짜: *10월 3~15일 사이, 오후*

타투이스트에게 작업을 의뢰하는 방식은 대체로 비슷하다.
원하는 도안을 고르고, 그것의 크기, 위치, 희망하는 시간,
예산 정도를 전달하고, 서너 차례 메시지를 주고받은 후
협의한 날짜에 정해진 장소에 가서 타투를 받는다.

이건 강박이 심한 사람이 타인을 몸에 초대하는 방식 중
하나다.

새 타투의 윤곽선을 손가락으로 조심스럽게 따라 그리며
P는 말했다. 타투는 누구 걸까? 그린 사람? 갖고 있는 사람?

P의 숨이 내 속눈썹을 데우는 걸 느끼면서, 내 피부가
끝나는 데서 그의 피부가 시작되는 것을 감각하면서
말했다. 몸이 하기 나름이겠지.

타인을 동원해 내 몸을 만드는 일.
바늘의 진동이 뼈를 깨고 들어올 듯 울릴 때, 잉크를
머금은 꼭짓점이 피부 위를 내달리길 멈췄을 때. 피가
비치는 모습을 본다. 내가 나에게 준 고통이 순식간에,
오래 남을 흔적이 되는 것을.
꾸미고, 파고들고, 돌보아서, 공간이 장소가 된다.

이제 내가 사라지면 내 친구와 가족들은 전단지에 이렇게
쓸 것이다.
왼쪽 손목에 파란색 문신이, 오른쪽 팔꿈치 위로는 N자
모양의 식물 문신이 있습니다.

타투가 생기기 전에는 이렇게 말했었다.
오른쪽 갈비뼈 끄트머리에 큰 점이 있다고 해.
새끼손가락이 엄지를 향해 꺾인다고 해.
가슴 한가운데가 아이스크림 한 스쿱 떠낸 것처럼 움푹
파였다고 해.

×

갈비뼈 언저리에 있는 점은 원래 하나였는데, 2년 전쯤 옆에 새 점이 생겼다.
새끼손가락이 구부러지는 모양은 할머니 손과 닮았다.
오목가슴은 너의 뺨을 수납하기에 적당한 깊이다.

시선, 칼날:
일기 2022년 2~9월

220210

퇴근길 버스 안에서 보았다, 그 발을
칠흑같이 어둡고 보드라운 스웨이드로 감싸인
태초 이래 사슴의 발처럼 곱고 작고 소리를 내지 않는
노란 선 뒤에서 다소곳이 문이 열리기를 기다리는
비둘기색 코트 밑단이 끝나는 곳에 조금 더 짙은 푸른 면이
있고
(종아리라고 하는 것은 불경하다 여자의 신체에는 선, 면,
향기뿐)
그 아래로 눈망울처럼 까맣고 투명한 그것 ─
(왜, 같은 공간에 있는 것만으로, 죽고 싶을까?)

220510

친구들과 저녁을 먹으러 냉면집에 갔다 여느 때처럼
중앙을 비껴나 미닫이문으로 가려지는 위치의 낮은 상을
택하고 벗기 쉬운 신발이라 다행이라는 생각을 하며

자리에 앉는데 우리들 바로 뒤로 남자애 넷이 들어왔다
20대 초중반 정도로 보이는, 흰 티에 어두운 후디와
반바지, 에어 조던과 반스 차림의 '청년들' 우리가 앉은
상과 한 칸 떨어진 정중앙 자리로 다가가 가방을 떨구는
동시에 주문을 하다 그중 한 명이 앉은 채로 후드티를 벗기
시작했다 허리를 굽히고 양팔을 교차해 허물을 벗듯 한
번에,
후디의 어깨를 끌어당겨 도톰한 밑단 아래 비죽 나온 흰
티셔츠가 끌려 올라오면,
바스락거리는 반바지의 허리밴드,
그 위로 드러난 허리, 도드라진 척추 마디,
날개뼈의 단단한 면, 팔이 시작되는 구역에 아무렇게나
구겨진 직물,
그 모든 찰나의 아무렇지도 않은 광경
냉면집 한복판에 가볍게 호를 그리는 그 몸짓을 보면서
나는,
깽판 치고 싶었다

220617

잘못 걸리는 날에는 옷 입는 데 30분 넘게 걸린다
바깥세상용 인두겁을 최대한 빠르게 뒤집어써야 하는
출근 시간에 일어나면 안 되는 사태
그렇지만 거울 속의 선을 용납할 수 없다

어깨가 너무 굽어서, 또는 좁아서, 소매가 너무 짧아서, 내
팔뚝이 가늘어서
천이 너무 흐느적거려서, 상체의 두께가 드러나서
젖꼭지가 비쳐서, 가슴이 흘러내리기만 해서
골반이 허리보다 넓고, 옆으로 봤을 때 엉덩이가
튀어나와서
바지 밑단 아래로 드러난 발목이 가늘어서
이 모든 걸 상쇄하기 위해 바짝 깎은 머리칼이 촌스럽고,
그 때문에 드러난 얼굴은 너무 둥글어서
윗옷을 여섯 개, 바지는 다섯 개쯤 바꿔 입어보는 바람에
침대 위가 옷 무덤이 된다
시계를 보고 결국 맨날 입는 오버사이즈 티셔츠와 일자
청바지에 몸을 집어넣는다

220728

신호가 바뀌기를 기다리는 버스 안 차창 너머로 옆
승용차의 운전석과 조수석이 보인다 운전자의 허벅지를
감싼 손, 조수석에 앉은 이의 쇄골 위로 드리운 팔, 그다음
빨간불에서는 바이크를 탄 반소매 차림의 백팩 멘 사람
가슴과 팔 근육이 탄탄하다 가방 주머니 바깥으로 경찰
명찰 끈이 삐져나와 있다 버스가 움직이기 시작, 길을
걸으며 묶은 머리를 푸는 사람을 본다 팽팽해진 머리칼이
탕, 흩뿌려지는 순간

220806

홍대 거리를 A의 전기자전거를 타고 지났다 그 거리는
주말에 가면 내가 30대임을 자각하게 하는 곳 클럽에
갔고 A는 꽤 귀여웠다 또는 내가 갖고 싶은 몸을 가지고
있었다 걔네 집에 갈 줄 알았는데 3시쯤 되어서 B가 클럽에
들어왔고 재워달라고 하기에 같이 귀가했다 아는 걸 했고
그게 재미가 없었다 이건 내가 바뀌어야 바뀌는 문제 몸이
젖은 휴지 조각처럼 무거워서 오후 일정은 취소했다 오늘
쓰레기 버리러 나갔을 때, 무지개 보러 나갔을 때 외에는
집 밖으로 나서지 않았다

220809

end of summer 플레이리스트를 들으면서 산책
종일 집에만 있어서 비가 많이 오는데도 나가고 싶었다
보랭 가방에 친구들 줄 케이크, 강된장을 차곡차곡 넣어
갔다 산책로였던 곳에 흙탕물이 넘실대고 왜가리가 혼자
물에 부리를 담갔다 뺐다 하면서 휘적휘적 걷고 있었다

220825

T 시작한 지 두 달이 되어간다
영화관에 겉옷 없이 온 걸 후회하는 중 가방에서 얇은 후디
하나씩 꺼내는 여자들과 그들의 여자 친구들
오늘 출근 복장: 세로 줄무늬 셔츠, 와이드 면바지

오늘의 퇴근 후 복장: 축 늘어지는 보트넥 긴팔, 와이드
청바지
손등을, 발가락을 보면서 털이 조금 굵어졌나 살펴보는데
아니다
j는 눈 녹듯 사라지는 것 같아도 쌓이면 언젠가 보인다고
했는데

그건 거대하고, 버릇없고, 대단한 영혼을 가지고 있지 /
그리고 영혼이 있는 건 무엇이든 / 부러질 수 있어
He's big, he's bad, and he's got a lot of spirit / But anything
with a spirit / can get broke[8] ──〈Nope〉

깨끗하게 세탁한 흰 장갑의 행렬 / 의자 시트에 묻은 피 /
귀찮아서 맨발에 운동화 / 모래밭에 칼날
삼계탕 먹으러 갔는데 자꾸 대화에 참여하시는 사장님
(나쁘지 않았다)

220914

이 번역을 마치면 조금 다른
사람이 되어 있지 않을까 작업은
무진장 어렵겠지 공부가 많이
필요할 테고 허리와 목이 굳고
머리가 으깨지고 소파에 누워

8 'get broke'라는 동사를
여기에서는 '길들여지다'로
번역하는 편이 매끄러울
것이다. 그렇지만 break라는
단어의 여러 쓰임을 떠올리며
영혼이 있는 것을 '길들인다'는
게 무엇인지 뜻하는지 줄창
생각하게 된다. 이를테면: 깨다,
부수다 / (피부를) 찢다 / (법,
약속을) 어기다 / 중단시키다 /
침입하다….

식은땀을 흘리고 어떻게 이렇게 머저리 같을 수 있냐고
욕하겠지 그렇지만 지난번 책이 나를 바꾸어놓아서 새로운
사람들을 만날 수 있었듯이 조금이나마 도움을 청할 수
있게 되었듯이 이번 책 때문에 피가 돌고 빛이 들 것이다
몸을 잊고 골몰하다가 밖에 나가 달릴 것이다 이 책이
만나게 해줄 사람들에게 벌써부터 애정을 보내기
어제저녁에는 반짝, 그래 어떻게 되든 좋다고 생각했는데,
잠시나마, 기적적으로, 그 생각에 어떻게 도달했더라
"잊어버렸다면 또 깨달으면 되죠" 선생님 아름다운 말씀
감사한데요 그런데 제가 지금 당장

220923
배드민턴 치면서 내지르던 소리:
너무 높고, 가냘프고, 털썩 주저앉았는데, 어쩌면 나는 숨
쉬는 방법이나
소리 내는 방법을 잘못 알고 있는 거 아닐까
그런데 그게 내 목소리인 거구나
내 목소리는 여기에서 저기까지구나
내지를 때는 익숙한 길로 돌아오는구나

얼굴이 이렇게 미끈하게 기름진 거, 호르몬 때문인가

220924

샤워하기 전에 가슴에 붙은 테이프를 잡아당겨 뗐다 며칠
길게 붙이고 있었더니 너덜너덜해져 있었다 샤워하고
나와 가슴을 보니 많이 납작해져 있어서 기쁨 복근
운동해야지

220926

이 몸은
달아나고 싶을 때 말로 눈을 축이는데요
새 말을 찾아서 매만질 때 머릴 비비는데요
솟구치는 선율, 두근대는 연골
연착
착란
이 몸의 지리적 특성
이곳의 지리적 특성상
물도 볕도 견뎌야 하는데요

(복싱장에서 드디어 풀어헤쳐지는 남자들 / 서로를
때린다는 약속 아래 마음 놓고 서로를 만지고 다독이고)

나 는

이 제 야

알 았 다

엄마에게 커밍아웃하고 호르몬을 맞고 있다고 말한 이후
처음으로 문자가 왔다. '자연스럽지 않은 일' '찬성하지
않는다' '건강' 같은 말들을 회사 화장실 모서리 칸에서
순식간에 삼켰고, '안타깝다'라는 단어를 눈에 담자 수년
전 내가 업무 메일에 대한 조언을 구했을 때 엄마가 한
말이 떠올랐다.
아무리 생각해 봐도 공감하거나 동의할 수 없을 때는
'안타깝다'거나 '아쉽다'라고 말하면 돼. 이를 악물고 핸드폰
카메라를 켜 표정을 살폈다. 눈에 어른거리는 것을 지우고
예정대로 회의실에 갔다.

며칠간 머릿속에서 답장을 썼다. 이해를 바라는 게
아니라고 썼다. 당신이 찬성하고 말고 할 일이 아니라고도
썼다. 난 그저 내 삶에 당신을 초대한 것일 뿐인데 내가
당신이 상상해 온 자식이 아니어서 당혹스럽고 납득하기
어렵다면 그건 당신의 감정이라고, 내가 짊어질 몫이

아니라고.

트랜지션을 고민하면서 읽었던, 온라인커뮤니티에 올라와 있는 여러 커밍아웃 후기와 응원을 보내는 답글에서 여러 번 마주친 문구들이었다. 그 말들 덕분에 나는 내가 죄를 짓고 있는 게 아니라고 믿을 수 있었고 바로 이런 순간을 위해 나 자신을 다잡을 수 있었는데
(번역: 엄마와 다시는 제대로 된 대화를 하지 못하는 미래를 떠올리고 그 안에 당당한 트랜스젠더 호영을 그려 넣었다) 그 말 중에 틀린 건 하나도 없었음에도 답장을 보낼 수 없었다.

하루는 컴퓨터 앞에 앉아 스크린 한쪽에는 엄마에게서 온 메시지를, 다른 편에는 빈 문서 창을 띄운 뒤 엄마의 문장 하나하나에 반박하는 글을 썼다. 나의 논리에 빈틈, 오해의 소지, 비문은 없는지, 작은 메시지 창으로 보더라도 잘 읽히는지, 줄을 바꾸고 문장을 다듬으며 검토했다. 그리고 그 글도 보내지 않았다.

×

호르몬을 시작한 지 6개월쯤 지난 어느 겨울 아침, 동네 백반집에서 마른반찬을 씹다가 오늘이구나, 생각이 들어서 계산을 하고 가장 가까운 골목으로 들어가 공사판을 가려둔 천막의 벌어진 틈새를 보면서 엄마에게 전화를

걸었던 날.

가파른 모래 더미와 높이가 제각각인 회색 계단, 시커먼 자동차와 브레이크 밟을 때 벌건 비명을 지르는 자전거를 중심축으로 빙빙 돌며 점점 차가워지는 전화기를 쥐었던 날의 나는, 화장실 문 뒤에서 예정된 결말이 온 거라고 생각했던 날의 나는, 이기고 싶지 않았다. 나를 보호하고 싶지도 않았다.

내가 아무에게도 둘러대지 못하고 그 누구도 의심하지 못하도록 여기에 쓴다:

나는 사랑받고 싶었다.

×

추신.

나는 엄마가 바라는 딸이 되지 못한 것에 대해 오랫동안 슬퍼했다. 그렇지만 내가 되지 못하고 되지 않기로 한 것 때문에 스스로를 벌하고 슬픔밖에 모르며 살고 싶지 않다. 나의 트랜지션은 엄마와 무관하지 않지만 그 때문이라고 할 수도 없다. 그게 유일한 이유라면 차라리 간단했을 것. 이렇게 써도 그렇게 생각하고 싶은 사람들은 그렇게 생각할 것이다. 그러라고 하자. 나는 앞으로도 몇 번이고 나를 알아낼 것이다. 나는 앞으로도 몇 번이고 나를 다시 쓸 것이다.

밤 이
온 다

바깥에서 아주 크고 두꺼운 천이 펄럭이는 소리가 난다
집채만 한 레고 블록이 폭포수처럼 쏟아지는 소리
그림자색 새가 구름을 찢는 소리
천만 개의 말발굽이 땅을 이는 소리
창가 바로 옆에서 기차가 지나는 소리
그런 소리가 한참 나다가 멈췄고 이제 개들이 요란하게
짖는다
다 지나간 일인데도
지금이라도 울어야 잊을 수 있다는 듯이.

×

대여섯 살 때쯤 울면서 깬 너는 엄마가 옆에 있는지
확인했다.
꿈속에서 너희 집에 도둑이 들었고 그들은 너의 엄마가
숨어 있는 방문을 부수려고 했다.

그리고 그 방에 들어가 엄마의 옷을 찢고 몸을 짓이기듯
주물렀다.
꿈에서 깨자마자 너는 엄마에게 물었다.
집에 도둑 들면 아빠가 물리칠 수 있어?
그는 피식 웃으면서 응이라고 대답했다.
약간 안도감이 들었지만 너는 완전히 믿지 못하고 자꾸만
물었다.
도둑들이 엄청 큰데도? 힘센 도둑인데도?
너의 엄마는 대답했다. 그럼, 아빠가 우리를 지켜줄 수 있지.
너의 아빠는 그 자리에 없었다. 아마 술 마시느라 밖이었을
것이다.

×

일요일 저녁, 일고여덟 살의 너는 엄마 아빠와 텔레비전을
보고 있다. 주말 예능프로그램이 나오고 아빠는 약간
취했다. 엄마는 발목까지 오고 폭이 넓어 집에서 편하게
입는 치마를 입고 있다. 어두운 보랏빛이 포도 껍질 같다.
엄마 품에 안겨 있으면 냄새를 맡을 수 있다. 치마폭
아래에서 나는 냄새. 품에서 떨어져 나와 소파에 기대
엄마와 아빠의 뒤통수를 본다. 아빠가 무릎에서 손을 떼어
엄마의 허벅지 안으로 손바닥을 밀어 넣는다.
뭐 해, 애도 있는데.

왜, 내 건데 만지지도 못해?

엄마의 뒤통수는 움직이지 않는다. 아빠는 손을 다시 자기
무릎으로 거두어간다.

×

네가 스물몇 살이 되던 해:

호영, 그래도 네가 부산에 살아보기로 결정한 거 좋다고
생각해. 나한테는 부산이 시댁이니까 좋은 기억이 없지만
너한테까지 그런 인상을 물려주고 싶었던 건 아니야. 네가
성인이 돼서 스스로 선택해 여기 살면서, 이 장소나 너희
아빠와 새로운 관계를 맺는 건 좋은 일이야.

너희 아빠가, 비록 너네 어릴 때는 충동을 조절하지
못하는 사람이었지만, 그랬다, 그때는, 우리 둘 다 너무
바빴고 일이 인생에서 제일 중요한 사람들이었잖니. 둘
다 한밤중에 집에 돌아와서 곯아떨어졌는데 ▇▇▇▇▇
▇▇▇▇▇▇▇▇▇▇▇▇▇▇▇▇▇▇▇. 그런 사람이었다. 근데, 몇
년 전에 네가 나한테 커밍아웃했을 때, 아빠한테 그 얘길
하니까 너희 아빠가 뭐라고 했는지 아니. 우리 호영이 많이
힘들었겠다. 우리가 도와주자. 그렇게 말했어.

×

너는 그날 언제나 의심해 왔던 것을 확인받는 기분이었다.
너는 너의 엄마가 너 때문에 그 남자를 떠나지 못했다고
생각해 왔다. 너는 아버지에게 너에 대해 알릴 생각이
없었는데 이미 너의 엄마는 얘기를 해버렸고, 그는 네 편에
서겠다고 말했다고 하고, 그렇지만, 그리고, 그는 네가
지금의 네가 되어가는 동안 몇 번이나, 네가 잠자던 방
건너편에서, 너의 엄마를 죽였다.
그것만으로도 그가 죽어 마땅하다고 생각했다. 그것
말고도 이유는 많았지만. 눈알을 송곳으로, 두개골을
삽으로, 뱃가죽을 철퇴로, 잘게 해체하고 싶었다. 그것
말고도 방법은 많겠지만.

×

네가 자는 동안에 그런 일들이 일어났다.

×

네가 모르는 사이 너의 아버지는 너에 대해 들었고 너를
돕겠다고 말했다.
그는 너를 안다고 생각할까. 네가 그의 후두부를 삽으로

내려친 후 내장을 도려낸 다음 뱃가죽에 칼을 꽂는다면?
그의 쇄골을 야구 배트로 깨고 얼굴을 곤죽으로 만든 후
허리에 그를 묶은 채 옥상에서 낙하한다면? 그래도 너를
안다고 생각할까? 그렇게 하면, 적어도 너는, 생각이란 걸
안 하겠지.

×

잠에서 깬 너는 생각한다.
너의 엄마가 그 이야기를 하기 전, 사실 너는 아버지라는
사람에 대해 다르게 생각하기 시작했었다. 얼떨결에
그의 고향에서 살기 시작하고, 그 부득이한 상황이 네가
선택한 것이 되면서, 부산이라는 장소가 그의 고향만이
아닌 너와 너의 친구들이 사는 도시가 되면서, 그 사람도,
실제로, 네 삶에서 다르게 존재하기 시작했다. 그도
그럴 것이, 부산에서 3년 사이 세 번 이사한 너를 도와준
건 그였으니까. 이사 때문에 부득이하게 그는 너의
연인을 만났고, 친구라고 소개했지만 그는 모르지 않는
듯했으니까. 실제로 너도, 엄마가 말했듯이, 이 도시와
아버지와 전과 다른 관계를 맺게 되어 좋다고 생각했다.
물려받은 서사의 썰물, 그 소용돌이 속에서 가까스로 손을
뻗어 모래밭으로 기어 나오는 중이었다.

×

엄마에게 너는 쓴다. 미안해. 그렇지만 나는 아이였어.
자고 있었어.

×

수개월 후, 너는 부산을 떠나기 전 마지막으로 아버지와
식사를 한다. 시간이 더디게 흐른다. 커피를 삼키고 버스
정류장까지 걷는 중에, 그는 너에게 묻는다. 요새는 누구
안 만나니. 그는 너와 대화할 때 지금도 서툰 서울말을
쓴다. 그걸 부산에서 4년간 살면서 또렷이 알게 되었다.
부산말로 이루어진 그를 너는 잘 모른다. 응, 그냥 지내.
그때 그 친구랑 좋아 보이드만.
걔도 잘 지내, 지금도 친구야. 짧게 대답하자 그는
망설이다가,
호영아, 니가 좋아하는 사람이면 좋은 사람인 거다. 니가
좋아하는 사람 만나서 잘 지냈으면 좋겠다.

집으로 돌아오는 버스 안에서, 너는 얼굴을 구기며 운다.
마음을 짓이길 수 없어서 운다. 그 말을 듣고 솟구치는
마음을. 달라고 한 적 없는 걸 받고선 그걸 꼭 붙잡는
마음을.

용서할 수 없는 사람이 준 말에 물러지는 마음을.

×

밤이 오고, 한참 짖던 개들은 몸을 누인다. 포도처럼 멍든
밤이다. 그을린 벨벳처럼 거칠한 밤이다.
개들은 자는 듯 보이지만 작은 소리에도 용수철처럼
문밖으로 튀어 나갈 테다.
개의 귀는 사람의 것보다 백 배는 밝고
코는 언제나 촉촉해서 바람의 변화를 재빨리 감지한다.
개는 밤에도 낮에도 틈틈이 잠을 잔다.
너는 개들이 그렇게 하도록 둔다.

용 서 하 지
말   것

아침에 이를 닦으면서 거실을 돌아다니는데 고양이가
발등을 세게 물어서 고함을 지르면서 고양이를 내던졌다.
술래잡기를 할 때도 매번 미끄러지는 마루에 고양이가
네발을 디딜 때까지, 나는 우뚝 멈춰 서서 고양이를
지켜보았다. 그리고 온몸의 털이 곤두선 채 바닥에 착지한
그를 다시 잡아 통째로 던졌다.
공중을 날아가는 고양이에게서는 털이 뿜어져 나왔고
고양이의 얼굴은 나를 향했다. 바닥을 보면서 떨어질
위치를 가늠하는 편이 나을 텐데도 고양이는 눈을 크게
뜨고 나를 봤다. 새까만 무도회 가면 또는 박쥐의 날개, 그
한가운데에서 빛나는 에메랄드빛 눈. 그 깊은 우물은 밝은
햇볕에도 불구하고 점점 까맣게 물들고 있었다. 왜? 그
눈은 물었다. 그도 그럴 것이, 고양이가 내 발을 문 건 한두
번이 아니고 그때마다 내가 고양이를 던진 건 아니니까.
때로는 소리를 지르는 데서 그쳤고 때로는 이를 악물고
맨발을 양말에 쑤셔 넣었으며 때로는 온몸의 털이 곤두설

지경으로 화가 펄떡이는 탓에 경직된 몸으로 고양이를 쫓았다. 별로 크지도 않은 집에서 고양이의 꼬리나 목덜미를 향해 손을 뻗다가 싱크대 모서리, 소파 다리, 옷장 서랍 같은 곳에 머리나 손발을 찧고 주저앉았다. 내가 던진 고양이가 뾰족한 모서리에 맞아 바닥에 툭 떨어졌다면 어땠을까? 머리를 세게 들이받고 눈을 뜨지 못했다면 어땠을까? 유부주머니보다 부드러운 배가, 사과보다 작은 머리가 찢어지고 쪼개졌다면 어땠을까?

재작년 겨울, 충동적으로 엄마에게 커밍아웃했을 때 엄마는 "찬성할 수 없다"라고 말했다. 그는 여전히 나를 딸이라고 부르고 내가 건강하기를 바란다. 나는 요즘 그에게 특별히 할 말이 없다. 그렇지만 매일 아침, 연락이 없으면 내가 죽었을까 봐 걱정하는 그를 위해 '굿모닝' 문자를 보낸다.

고양이는 내가 이를 마저 닦는 동안 화장실 문밖에 웅크리고 앉아 나를 지켜보았다. 옷을 갈아입는 동안에는 방문 주위를 그림자처럼 서성였다. 잠깐 컴퓨터 앞에 앉자 야아옹, 소리를 내며 기어코 무릎 위로 기어올라 왔다. 내 얼굴을 보지는 않았지만 허벅지 위에 동그렇게 몸을 말고 누워 무릎에 귀를 비볐다. 조심스럽게 손가락을 등에 가져다 대도 가만히 있기에 차가운 코를, 납작한 이마를 손으로 쓸어보았다. 우우웅, 하고 고양이는 공기를 울렸다.
두 손으로 쓰다듬으라는 말이었다. 30분쯤 전에 자신을
내동댕이친 손으로.

만질수록 보드라워지는 감촉을 더 이상 견딜 수 없어
일어서자 고양이는 바닥으로 사뿐히 떨어졌다. 그리고
아까보다 세게, 내 발등을 물었다.

부끄러움을 아는 사람:
일기 230409

친구와 늦은 점심을 먹으면서 왜 회사 사람들이 주말에
뭐 했냐고 물어보면 집에 있었다고만 하는지에 대해
이야기했다. 원래 가려던 식당이 일요일이라 문을 닫았고
그다음으로 간 식당도 닫았고 그 다음다음 식당도 닫아서
무작정 길을 걷는데 '낙태는 살인이다'라고 쓰인 깃발을
두른 아저씨가 우리에게 "아이 많이 낳으세요~~~!"라고
외쳐서 곧바로 웃음이 터졌다(친구는 게이 남성이다).
큰길로 나와 들어간 중식당에서 마파두부와 물만두와
어향가지를 시켰는데 마파두부는 떡볶이 같았고 물만두는
대충 한 손으로 빚은 듯한 모양으로 물에 오래 쓸린
돌멩이 같기도 어린아이가 가지고 놀던 찰흙 같기도 했다.
가지는 굴소스 맛이 느껴지지 않을 정도로 세상에서
제일 뜨거웠고 그걸 먹은 이후로는 다른 음식이 무슨
맛이든 상관이 없었다. 우리가 식당에 들어설 때는 아무도
없었는데 다들 비슷한 시간에 일어나 밥을 먹으러 오는지
나중에는 빈자리가 없었다.

주말이면 다른 사람이 되니까. 나에 대해 조금이라도 아는
회사 친구와 '우리는 일주일에 이틀만 살아 있다'고 농담을
주고받고 주말에는 서로를 만나지 않는다. 그게 우리가
서로를 좋아하기 위해 지키는 규칙이다.

쉬는 시간에 어떤 영화를 보고 책을 읽는지까지는
이야기할 수 있어도 레즈 클럽에 가서 그날 처음 본 사람을
안고 있었다는 얘기는 할 수가 없으니까. 친구들 만나서
산책했어요, 정도로.

겸업을 금지하는 회사인데, 칼퇴하고 나서는 문장을 줍고
더듬고 엮는 일로 금세 하루를 동내기 때문에.

왜 이런 사람이 됐는지 묻는다면 좀 더럽게 살고 싶어서.
예를 들어 이사한 지 한 달 정도 지났고 이사한 날부터
변기 시트가 망가졌다는 걸 알고 있었는데 오늘에서야
그걸 새로 샀다는 것. 예를 들어 fuckboy starter pack에
나오는, 바닥에 매트리스 놓고 사는 사람이랑 당신은 사귈
수 있습니까?

예전에 같이 살던 애인은 내가 아침에 모자를 눌러쓰고
대문을 나서는 모습을 보면서 너네 회사 사람들은 네가
이러고 사는 거 알면 깜짝 놀랄 거야, 라고 말했다. 그
사람과 함께 살면서 살림하는 걸 많이 배웠다.

같이 점심을 먹은 친구와는 시와 관련된 모임에서 처음 만났는데, 그는 모임에 들어서자마자 여기 퀴어들이 많구나, 하는 촉이 왔다고 했다. 하고많은 말 중에 굳이 시를 옮기는 사람들이 좀 별난 데가 있지. 이해를 거부하는 글을 내 몸은 이렇게 웅얼웅얼 삼켰어요, 라고 보여주는 사람들.

회사 사람들이랑 점심을 먹는데 누가 물어봤다. 호영 씨는 글 쓸 생각은 해본 적 없어요?
어느 쪽이 더 부끄러운지 잘 모르겠다.

우 리 끼 리 니 까
해 보 는 말

지금부터 하는 모든 말은 이 공간에 있기 때문에 적을 수
있는 것이다.

여성과의 연대에서 실패한 경험에 대해 써보세요.
주제를 읽자마자, 졸려 죽을 것 같다. 눈알이 속수무책으로
뒤통수를 향해 돌아간다.

매일같이 여성과 연대하기에 실패한다. 회사 책상
서랍에서 생리대를 꺼내는 일이 쪽팔릴 때. '여자끼리
일해서 너무 좋아요'라며 눈을 반달 모양으로 접는
부하직원을 볼 때. 직원 복지 차원에서 '여성 전용
휴게실'을 만드는 게 어떠냐는 설문조사에 '성중립
화장실이나 만들라'고 썼다가 지울 때. 레즈 앱에 있는
여자들 중 그 누구도 내 취향이 아닐 때. 얼굴 없는 '여자
몸'에 삽입하는 포르노를 보며 자위할 때. 요새 부쩍
눈물이 마른 게 하루건너 하루꼴로 내 앞에서 우는 여자들

때문이라고 생각할 때. 테스토스테론 맞기 시작하면서
남자들이 왜 그러는지 좀 이해가 된다고 느낄 때.

여성과 왜 연대해야 한단 말인가? 그들은 머릿수 채우려고
나를 여자시키고 내 안에 자연이 있다고 말하고 누구나
남성성과 여성성을 가지고 있는 거라고 하면서 너도 곧
죽으면 여자여서일 거라고, 기 센 여자, 취약한 여자,
희한한 여자, 언제든 칼에 찔리거나 목이 졸리거나 남자가
약 탄 술을 마시고 강간당하거나 맞아 죽어도 이상하지
않은, 그런 세상에 사는 여자라는 걸 상기시키면서 나를
한편으로 만드는데. Team Women! Let's go Lesbians! 굳이
따지자면 그쪽이겠으나 애초에 왜 뭉뚱그려져야 하지?
사실은 너도 나랑 같은 공간에 있는 거 싫잖아. 근데
남자가 생리했으면 국가지원금 나왔을걸. 생리 멈추는
약도 나왔을걸. 근데 너 같은 애들이 여자 말고도 생리하는
사람이 있어요, 이 지랄을 하니까 논지가 깔끔하지가 않아.
하나씩 집중해서 하자고. 지금 중요한 게 뭔데? 여자들이
죽고 있잖아. 너도 밖에 나가면 여자야. 승리의 경험이
필요하다 우리는. 민증 뒷번호 2, 4로 시작하는 사람들을
위하여. 젠더? 퀴어? 그런 얘기도 여기서나 하지 남자들이
들어는 주니? 지정성별 남자인 애랑 말이 통하냐고.

뒤라스의 《죽음의 병》을 읽으면서 이성애

비관주의heteropessimism라는 개념을 떠올렸다. 이성애 안에서 사랑한다는 건 불가능하다, 남자들은 다 쓰레기고 이성애는 수치스러운 일이라고 한탄하면서 남자 좋아하기를 멈추지 못하는 여자들의 수행적 탈정체화를 일컫는 말. "이성애 비관주의는—리 에델만Lee Edelman의 표현을 빌리자면—'마취적 감정', 즉 스스로를 '격하게 치닫는 감정으로부터 보호하고자 느끼는 감정, 분리detachment에도 살아남는 애착'이다."[9] 이 단어를 만든 사람은, 그럼 그렇지, 레즈비언이다. 《죽음의 병》의 옮긴이 조재룡은 뒤라스의 "건조한 표현 덕분에" 이 책에서 여자와 남자의 관계가 "소통의 불가능성을 반복적으로 확인할 뿐인 지속적인 실패"로 나타난다"[10]고 썼고 이 때문에 여자는 뒤라스의 말대로 "자기만의 고유한 어둠 속에, 자신의 장엄함 속에 버려진 채"인지도 모른다.[11] 내가 남자를 좋아하는 이유 중 하나는 바로 이 불가능성에 있다. 이성애 역할극을 할 때 남녀가 서로를 동등하고 고유한 개인으로 대하는 것이 불가능하기 때문에 여자로서 남자와 섹스할 때 나는 죽은 사람, 오직 욕망을 투사받는 대상으로 있을 수 있다. 이런 걸 자해 또는 남성 시선의 내재화 같은 거라 할 수도 있겠지만

9 Asa Seresin, "On Heteropessimism", *The New Inquiry*, October 9, 2019, https://thenewinquiry.com/on-heteropessimism/.
10 마르그리트 뒤라스, 《죽음의 병》, 조재룡 옮김(난다, 2022년), 79쪽.
11 마르그리트 뒤라스, 《죽음의 병》, 39쪽.

이런 안락함과 쾌락을 '여성 인권' 같은 이유로 포기해야
하다니? 관계에서 나라는 개인을 드러내고 싶다는 욕망,
그리고 나와 섹스하는 사람이 나를 '나'로 보았으면 하는
욕망, 그 또한 특수한 것일 텐데. 그치만 이건 이성애나
남자에게 변화를 요구하지 않으니까 여혐인지도?

너는 성폭행당해서, 세상이 워낙 여혐해서 여자이기를
거부하는 거 아닌지? 트라우마는 인정. 그치만 트라우마
때문에 미친 거니까 네가 하는 말은 혼잣말임. 간성이거나,
집 밖에 못 나올 정도의 디스포리아를 겪고 있거나 하는
타당한 이유가 있으면 인정. 근데 그러면 너무 소수자고
미친 거니까 혼잣말이나 다름없음.

여자 몸. 만화의 세계에서: '이 의성어는 여성기에
삽입하는 씬에서만 써주세요.' (죄송한데 여성기가 뭐예요?
질에 삽입할 때랑 항문에, 야오이 구멍에 삽입할 때랑
소리가 다 다르게 나나요? 해보셨나 봐요?)

니키 미나즈: "질이 있는 여자로서…." "페니스 있는
여자라도 있다는 거예요?" "네, 그게 왜요?" (2000년대
후반 이 인터뷰를 처음 봤을 때는 깜짝이야, 짱이네,
라고 생각했지만 지금은 vagina/penis 말고도 girldick,
bussy, boycunt 등등이 있다는 걸 알기 때문에… 그리고

겨드랑이와 무릎 뒤, 턱과 목이 만나는 곳, 손가락, 손가락,
손가락….)

생산적인 일을 하나도 못 한

내가 미워지면

웹툰을 번역한다

정확히 말하자면 성인 BL 웹툰 번역이다. 이제 햇수로 6년째에 접어들고 회사 다닐 때는 번역 용어집을 만드는 일에도 참여했으니 손에 익은 일이다. 그렇다고 눈 감고도 할 수 있는 건 아니다. BL을 번역할 때 텍스트만 번역하는 건 아니니까. 소설, 시, 산문, 논문 번역과 BL 번역이 다른 점은 독자가 흡입하는 정보가 이미지에도 있다는 점이다. 영상 자막 번역과도 다른 점은 의성어, 의태어가 많다는 것이다. 내가 업으로 삼는 대부분의 창작물 번역과 다른 점은 규칙적인 빈도로 섹스 씬을 번역하게 된다는 점이다. 줄여서 '씬'이라고 부르는 성교 장면이 약 2, 3화에 한 번씩은 등장한다고 했을 때, 어떤 주에는 내가 담당하는 모든 작품에서 등장인물들이 섹스를 하고 있다. 단어가 아니라 에피소드당 번역료를 받는 입장에서 가성비가 정말 좋은 주다. 씬에서는 대사나 내레이션이 드물고 주로 숨소리나 신음 소리, 삽입이나 구타를 비롯한 접촉에서 기인한 마찰음, 그리고 체액이 분비되는 순간의 파열음 정도만이 번역가의 노동 범위에 포함되기 때문이다.
심지어 이런 소리들은 앞선 이야기를 모르더라도 손쉽게
번역이 가능하다.

이제는. 6년 차가 된 지금은 그렇다는 말이다. 씬을
번역하는 일은 초짜에게 전혀 녹록지 않은 과제이기
때문에 회사를 다닐 때는 번역가들을 위한 용어집을
만들고 매년 업데이트해야 했다. 웹툰 번역을 꽤 해온
이더라도 씬에서 나오는 소리를 번역해야 하는 순간에는
머릿속이 하얘지는 듯했다. 근래에는 웹툰 번역 아카데미
같은 것도 생긴 모양이지만 그런 곳에서 "쯔읏" "쿨쩍"
"찌걱" 같은 걸 영어로 어떻게 번역해야 독자가 발기
상태를 유지한 채 "파르르" 떨다 "후둑" 갈 수 있는지
가르쳐줄 리가 없다. 다른 맥락에서라면 두 번 생각할 일
없는 "슥"이 씬에서 나오면 번역가는 고민한다. 이 "슥"은
머리카락을 넘겨주는 '슥'일 때도, 옷자락이 피부에 스치는
'슥'일 때도, 성기를 감싸 쥔 손바닥이 내는 '슥'일 때도,
성기가 성기와 만나 미끄러지는 '슥'일 때도 있으니까. 그
모든 맥락과, 공간 효율이 좋은 한글에 비해 가로로 길게
늘어지는 영단어가 그림을 가려버릴 가능성과, 용어집의
제안과는 다르지만 이 맥락에서 이 신체가 흘리는 소리는
바로 이것이리라는 직관을 고려해 최선의 선택을 하는 게
씬 번역이다. 물론 나는 지금 연하떡대공이 예민지랄수를
아흔일곱 번쯤 "팡" "팡" "팡" "팡" 하는 바람에 애용하는

마찰음 서너 개를 적당히 버무리고 온 참이지만.

성인 웹툰에는 여자 둘이 주인공인 GL도 있고 그냥 '성인'이라고 불리는 이성애물도 있는데, BL을 하게 된 건 절대적으로 발을 잘못 들여서 그렇다. 내가 근무했던 회사에서 언제나 판매량 최상위권은 BL이 차지했고 그러므로 내가 담당한 대다수의 작품은 BL이었다. 입사 전에는 사실 만화 자체를 많이 읽지 않았지만 나는 이제 이 영원히 늙지 않는 청년들의 치정 싸움에 완전히 길들여졌다. 다른 거래처에서 로맨스 작품 번역할 생각이 있냐기에 BL 의뢰가 끊기면 하겠다고 말해뒀다. 로맨스는 대사량이 너무 많고 설정도 복잡하다는 게 나의 인상이다. 로맨스 작품을 번역하려면 무슨 무슨 공작이니 대공이니 직함도 많고 아가씨들 사이에 신경전이나 내레이션도 복잡한 거 같던데, BL은 일단 말보다 지시, 코웃음, 욕설로 소통한다고 보면 된다. 다 그런 건 아니라고? 알죠. 이건 번역가이자 독자로서 내 취향의 문제다. 물론 모든 사람이 나 같은 건 아니라서 사내에서 일하던 때는 한 달 건너 한두 명의 번역가로부터 이제 BL은 못 하겠다는 연락이 왔다.

"집 밖에서 일할 수가 없어요…. 그렇다고 집에서 이걸 하기에는 여자 친구 눈치가 보여요."

"너무 폭력적이에요. 계속해서 성폭행이 나오는 작품을 맡는 건 제 정신 건강에 무리인 거 같아요."

두 경우에 모두 깊이 공감하며, 감사하는 의미에서 큰절 올린다. 덕분에 나는 이번 달에도 사이코패스끼리 지지고 볶으며 넣지 말아야 할 물건을 들어가지 않을 것 같은 구멍에 기어코 넣는 작품을 맡고 있다.

내가 생각하는 BL 웹툰 번역의 가장 큰 장점은 번역의 최소 단위(에피소드)당 단어 수가 적고 소요 시간이 일정하다는 점이다. 시 번역? 단어 수는 적어도 마감만 없으면 평생 퇴고할 기세다. 소설 번역? 분량과 인물 수에 따라 정직하게 허리가 아작 난다. 글쓰기? 종일 컴퓨터 앞에 앉아서 썼다 지웠다를 반복한다. 작업 시간이 종잡을 수 없이 늘어지고 간절히 나라는 자아에서 체크아웃하고 싶을 때 나는 BL 번역 창을 띄운다. 생각이 너무 많아지면 BL로 뇌 세척을 해줘야 한다. 개아가공, 굴림수, 광공, 꽃수, 후회공, 상처수, 리맨물, 계약 관계…. 작가님이 만들어둔 트랙을 타고 미끄러져 가면 된다.

BL 번역을 하면서 아직 할 수 있는 일이 있다고 느낀다. 매일매일 트위터 타임라인을 따라가며 무지성으로 밈을 흡입한 보람을 느낀다. 에피소드 하나당 평균 한 시간, 길어봤자 두 시간 내로 끝나는 일. 그렇게 몇 번 반복하고 보면 일주일 치 분량이 착실히 끝나 있다. 결과물이 예측 가능한 데다가 독자 또한 후루룩 읽게 될 엔터테인먼트. 초벌 번역을 하고, 다시 영문만 읽어보며 자연스러운지 검토하고, 마지막으로 오타는 없는지 살피며 조일 데서

조이고 터질 데서 터지는지 확인. 길게 붙잡고 있어봤자 크게 나아지지 않는다. 모든 건 독자를 꼴리게 하기 위함이다. 그걸 웹툰 번역에서 배웠다.

열 개 의

진 실

1. "'부치 트윙크butch twink'란 존재하는가? 그렇다, 그리고
이를 입증하는 티모시 샬라메는 래리 클라크Larry Clark[12]라도
된 듯 질주한다. 식인하는 여자 친구가 끼니를 거르지
않도록 사악한 벽장게이 성 구매자를 죽이는 얄쌍한
헤테로 식인종을 연기하며 말이다. 이건 게이혐오일까
식인종 입장에서 PC한 사랑일까? 그냥 물어나 본다."[13]
영화 〈본즈 앤 올〉에 대한 리뷰를 읽다 '부치 트윙크'란
말에 코가 꿰여 영화관으로 직진했다. 여유증 걸린 하남자
같다며 빨리 가슴을 잘라버리고 싶다는 레즈비언, "불알
뗀다고 여자 되니?" 코웃음 치며 자신을 '젠더'라 소개하는
중년의 성전환자, 자지는 애기
팔뚝만 한 거 아니면 취급 안
한다는 퀸. 내가 말 붙이고 싶은
사람들이란 이런 이들이다.
그래서 부치 트윙크의 실체를
확인하러 갈 수밖에 없었고

12 비행 청소년의 섹슈얼리티와
하위문화를 적나라하게 담은
사진작가
13 John Waters, "John
Waters's Best Films of 2022",
https://www.artforum.com/
print/202210/john-waters-s-
best-films-of-2022-89642.

태슬이 찰랑이는 벨벳 셔츠에 무릎이 다 찢어진 와이드 진을 입은 샬라메를 한껏 들이켜고 왔다. 같이 식인하는 여자 친구는 처피뱅을 한 동글동글 귀염상. 샬라메는 목이 깨진 유리병처럼 위태롭다가 결국 사랑의 대가를 치른다. 10대 시절 꿈꿨던 절대적인 로맨스였다.

2. 10대 때 했던 미친 짓 중 하나는 한 사람과 5년간 사귀었던 일이다. 처음들이 많이 겹치는 사람과는 헤어지기 힘들다. 열일곱 살에 일방적으로 연락을 끊었다가, 함께 봤던 모든 영화에서 좋아하는 구절을 이어 붙인 편지를 만들었다. 그걸 보내면서 그가 날 버리지 못할 걸 알았다. 얼마 전, 정말 몇 년 만에 그가 꿈에 나와서 반쯤 취한 채로 연락을 했다. "나도 마침 너 생각하고 있었어, 그런데 나 이제 결혼했어." 그는 아내와 함께 강아지 1, 고양이 1을 공동 부양하는 가장이 되어 있었다. "축하해, 잘 지내." 비 맞은 강아지처럼 몸을 푸르르 떨고 다시 잠들었다.

3. 사랑에 금방 빠지는 편인지는 모르겠으나 충동은 외모에 빠르게 설득되는 편이다. 나를 향한 강한 욕망을 거절하지 않는 편이다. 무언가에 그렇게 확신을 가지고 달려드는 사람들이 흥미롭다. 어느 여름에는 해외에서 열린 한 워크숍의 통역사로 2주간 일했다. 노년의 강사는

시연할 때 자꾸 나를 모델로 활용했다. 아침 인사를 할 때면 내 볼 위로 그의 볼이 한 박자 길게 머물렀다. 마지막 날, 같이 술을 마시겠냐고 묻자 이 고삐 풀린 할아버지는 술보다 너를 원한다고 말했다. 난 웃으면서 그의 두껍고 주름진 목을 눈으로 더듬어보았다. 궁금했다. 뭘 원하는지.

4. 무서운 영화를 볼 때면 커다란 웃옷을 입는 것이 좋다. 초반에는 배, 갈비뼈 언저리를 손으로 감싸고 있다가 화면이 와장창 깨지기 시작하면 나도 모르게 옷 아래로 가슴을 쥐고 있다. 정말 조그만 가슴. 쥔다는 말보다 그 위로 손을 포갠다는 게 더 정확할 것이다. 호르몬을 시작하고 나서 더 조그매졌다. 지금의 크기가 지금은 마음에 든다.

5. 가수 Mitski는 《Be the Cowboy》라는 앨범 제목에 대해 이렇게 말했다. 남성성의 특징 중 하나는 책임을 떠넘기는 것이라고. '너 때문에 내가 이런 짓을 저질렀다.'[14] 카우보이가 되는 방법은 위풍당당한 자세로 적의 구역에 쳐들어가는 게 아니라, 멀쩡한 사람 하나 망쳐놓고 '네가 그렇게 만들었잖아?' 하고 태연한 표정을 짓는 것이다. 그 수동성이 마음에 든다. 그런 카우보이라면 될 수 있다. 그런 면에서 내가 브랫brat이라고

[14] 어딘가 인터뷰에서 읽었다고 생각했는데 그 인터뷰를 찾을 수 없다. 어쩌면 내가 지어낸 말일지도.

생각한다.

6. 누가 누구 인생을 망치는 것일까? 의료적 트랜지션을
하는 사람들에게 왜 그렇게까지 하냐, 왜 힘들게 사냐
묻는 사람들이 있다. 그 질문은 어떤 때는 이런 형태로도
나타난다: '왜 못생겨지려고 해?' 이에 누군가는 '이렇게
살다 자살할 거 같아서' 또는 '행복하게 살고 싶어서'라고
말할 것이다. 나도 그렇게 대답할 때가 있다. 그와 동시에
트랜지션을 해서 행복하지 않아도 좋다고 생각한다.
비트젠들아, 너네는 행복하니? 왜 우리한테까지 행복을
강요해. 트랜스젠더 학계의 어그로 장인 안드레아 롱
추Andrea Long Chu는 이렇게 말한다. "보지가 생긴다고
행복해지진 않을 겁니다. 그래도 그게 내가 원하는 거예요.
예후가 긍정적이지 않다고 해서 수술을 받지 못하게 하는
것은 부당합니다."[15]

7. 테스토스테론을 맞기 시작하면서 내 생애 전례를
찾아볼 수 없는 강도의 성욕에 휩싸였다. 특히 첫
3개월간은 몽정기를 겪는
중2병 남자애가 된 것 같았다.
타인의 온기에 얼굴을 묻고,
침을 질질 흘리는 꿈들… 옷을
젖히고, 머리칼을 쥐고, 살갗을

15 Andrea Long Chu, "My
New Vagina Won't Make Me
Happy", *The New York Times*,
November 24, 2018, "https://
www.nytimes.com/2018/11/24/
opinion/sunday/vaginoplasty-
transgender-medicine.html".

물어뜯는…. 문제는 그로 인해 대충 아무나와 한 섹스가 너무나 실망스러웠다는 것이다. 그건 삽입 섹스가 너무 지겹기 때문이다. 또는 순서가 정해진 섹스가 지겹다. 충동이 망치처럼 몸을 울리는데 이젠 그 대상이나 행위에 구체성이 결여되어 있다.

8. 호르몬 시작하기 전에는 젖꼭지가 끔찍하게 싫었다. 내가 조작할 수 없는 표식으로 느껴져서였던 것 같다. 근데 지금은 이걸 자르고 다시 만들기는 아깝단 생각이 든다. 여기 신경이 얼마나 많은데. 새로 만들면 감각이 전 같지 않다던데.

9. 〈본즈 앤 올〉에서 두 주인공이 키스하는 장면을 볼 때마다 저 입술과 이빨이 피로 물들지 않을까 마음을 졸였다. 동시에 그 장면을 기다렸다. 욕구들. 핥으면 빨고 싶고, 빨다 보면 씹고 싶어진다. 그 충동을 따르다 상대가 아파하면 깜짝 놀란다. 맞다, 이건 네 몸이었지.

10. 어렸을 때, 강에서 수영하다 몸을 잃은 적이 있다. 둥둥 떠내려가다 생각보다 깊은 곳까지 가버렸는데, 아무리 발버둥을 쳐도 물속에서 부딪치는 게 없었다.

아 무 것 도
아 닌 일

낮에 혼자 영화 보고 전시 보고 경복궁에 가서 걸었다.
사람 많은 길이나 벤치에 앉기는 싫어서 낮은 돌담에 앉아
있었더니 엉덩이 붙인 지 몇 분 지나지 않아 경비 아저씨가
나타나 아무 말도 하지 않고 손을 내저으며 꺼지라는
시늉을 했다. 이어폰으로 저세상 음악을 듣고 있으면서도
그 손짓을 너무 잘 알겠는 게 싫었고 싸울 기운이 없어서
그냥 일어났다. 터덜터덜 걸으며 CCTV에 안 걸릴 것 같은
나무나 넓적한 바위를 찾아보려 했지만 잘 정비된 궁
안에 그런 장소가 있다면 다람쥐들이나 알고 있을 터였다.
적적한 게 싫어 나왔는데 집 밖에 나왔더니 돈 내지 않고
쉴 곳이 없었다.

그래서 친구에게 느닷없이 차 타고 어디 가자는 연락이
왔을 때 기뻤다. 봄, 여름, 가을에는 자전거 타고 훌쩍
나서면 되지만 겨울에는 다른 사람들과 부대끼며
지하철이나 버스 타는 것 외에 멀리 갈 방법이 없다.

그런데 친구가 태워주는 차라면 움직이면서 아무와도 닿지
않아도 된다.

한강 쪽으로 무작정 달리다가 계절이 바뀐 김에 옷을
사자고 이야기가 나와 쇼핑몰에 갔다. 마음에 드는 게 몇
벌 있었고 옷걸이를 팔에 건 채 피팅룸으로 향했다.

"손님, 여성 피팅룸은 저쪽이세요."
"이거 남성복인데요."
"아, 저희가 피팅룸은 남녀를 구분하고 있어서요."
"…."
"여성용 피팅룸은 여성복 쪽에 있으세요."

마스크 위로 한껏 사람 좋은 눈웃음을 짓고 있는
피팅룸의 수호자. 피팅룸의 질서를 지키는 일은 얼마나
고생스러운가? 사람들이 욕심껏 안고 들어갔다가
아무렇게나 내팽개친 옷 하나하나 제자리로 복귀시켜야지,
"이거 ○○색은 없나요? ○○ 사이즈 다 나갔나요?" 같은
질문에 성심성의껏 대답해야지. 그것만 해도 바쁠 것
같은데, 심지어는 피팅룸에 들어오려는 사람의 성별을 3초
내에 감별해 내야 한다. 얼굴과 체구와 소위 '분위기'를
보고 말이다. 어디 민증 보여달라고 할 수도 없고. 아니,
민증은 위조할 수도 있으니까 신뢰할 수 없지. 그럼 옷통

까고 아랫도리 보여달라고 해야 하나? 근육질에 가슴이
판판해서 페니스가 달렸겠다 싶었는데 아니라면? 게다가
외성기랑 내성기는 다를 수도 있는데. 예를 들어 페니스
있는 사람이 알고 보니 난소가 있다거나. 그럼 유전자로
승부? "고객님 염색체 검사지 좀 보여주세요~" 하기엔
사람 염색체 종류가 너무 많지. 검사해 봤더니 XXY나
XXO나 XXXXY면 어쩌나. 특정 염색체가 특정 성기나
호르몬 수치와 딱딱 매칭되는 것도 아니고.[16] 어디부터
여자고 어디부터가 남자인지 어떻게 구분할까? 난 그걸
너무 잘 알면서도 모르겠지만 성별 감별사들은 대단한
확신과 데이터를 가진 사람들이라 3초 만에 스캔 후
[여자입니다] 출력이 되는가 보다.

아무튼 '남성복 입어보려는 사람이 남성복 구역에 속한
피팅룸에서 옷을 입고 나와야 나중에 옷 정리할 때도
편하지 않을까요?'라고 묻고 싶었으나 감별사와 눈웃음
대결할 기운이 없어서 스무 걸음 정도 떨어져 있는
여성복 피팅룸에 가서 옷을 입었다. 어떤 옷은 대충
맞았고(적당히 컸고) 어떤 옷은 잘 안 맞아서 옷 안에서
몸이 헤엄치는 꼴이었다. 거울 속에는 몸이 있고 얼굴도
있는데 어떤 옷도 그들을 위해
만들어진 것은 아니었다. 하긴,
지난 수년간 모아온, 내가

16 윤정원, "여자와 남자를
생물학적으로 분명하게 나눌 수
있을까", 《비마이너》, 2020년 3월
11일.

원하는 몸과 비스무리한 형태를 만들어주는 옷들도 생각해
보면 나 같은 사람을 위해 만들어지지 않았다. 무늬가
귀여워서 산 아동용 XXL 사이즈 티셔츠, 핀을 잔뜩 달고
난 후에야 내 것이라 느끼게 된 울 재킷, 원피스를 잘라
만든 크롭톱, 허리를 접어야 흘러내리지 않는 슬랙스….
기성복을 조금이라도 뒤튼, 기성복의 의도를 비껴가는
것들. 얼마 전에 저장해 둔 밈이 떠올랐다.

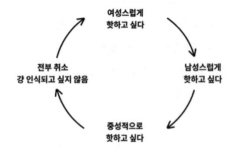

그래. 전부 취소. 둥글게 말린 몸이 벽에 쿵, 쿵, 부딪쳐
가며 굴러떨어지고 있었다.

×

집으로 가는 차 안에서 친구에게 푸념을 늘어놓았다.
"거기 되게 촌스럽더라, 피팅룸이 남녀가 구분되어 있고,
옷 입어보려고 가니까 굳이 멀리 있는 여성 피팅룸에
가라는 거야."

"진짜? 뭐지, 나 그 피팅룸 썼는데….”

“너는 패싱된 거지 뭐. 애초에 남성복과 여성복이 나뉘어
있는 것 자체가 짜증 나. 그냥 모든 옷을 XS부터 XXXL
사이즈까지 만들면 좀 좋냐고. 오버사이즈도 하루
이틀이지. 내 몸에 맞는 옷 좀 입고 싶다.”

“와, 진짜? 난 맨날 XXL만 사거든. 몸에 맞는 걸 입을
생각을 안 해봤어.”

“그게 너한테는 맞는 거지. 난 남성복 구역에 있는 옷도
좋아하고 여성복 구역에 있는 것도 좋아. 근데 나한테 맞는
사이즈는 여성복에만 있어서 짜증 나.”

친구는 다음 날 아침에 문자를 보내왔다.

호영, 그 브랜드 고객서비스 메일로 항의해 볼까? 내가 같이
써줄게. 다국적 기업이니까 먹힐지도 몰라.

아냐, 진짜 고마운데 괜찮아ㅋㅋ 내가 요새 호르몬 좀 하고
동네에서만 놀았다고 세상 물정을 깜빡했네. 나 트랜지션
파티 할 때 슈트 맞출 돈 모금이나 할까 봐.

×

굳이 말로 복기하기는 구차한데 무릎이 탁 꺾이는
일들이 있다. 머리 자르러 가서 원하는 스타일의 사진을
보여줬는데 뽕 잔뜩 넣은 ‘여성용’ 버전이 될 때. 모임에

갔는데 내가 들어서자마자 오늘은 성비가 딱 맞네요, 라는 말을 들을 때. 화장실을 찾아갔는데 남자, 여자라고 뚜렷이 쓰여 있는 두 문 중 어느 곳도 열고 들어갈 수 없을 때.

동네에서, 내가 요새 뭘 해 먹었고 어떤 낙서를 하고 무슨 책이 재밌었는지 궁금해하는 사람들 사이에 있다가 밖에 나가면, 무슨 짓을 해도 소용이 없다고 느껴진다. 세상이 보기에 '적합한' 옷을 입고, 수술을 받아 몸을 바꾸더라도, 통과해야 할 관문은 계속해서 추가될 것이다. 그런 요구에 진지하게 임하고 싶은 마음도 없고, 불특정 다수의 인정을 받아야만 내가 나로 살아갈 수 있는 것도 아니지만, 성별 정체성이라는 건 나 혼자 내가 누군지 안다는 데서 끝나는 게 아니라 타인의 인식을 통해서도 만들어지기 때문에 처음 만나는 누군가가 내린 찰나의 판단으로 인해 고꾸라지는 일들이 생긴다. 한 사람의 판단, 한 가게의 내규가 내 앞의 문은 벽이기도 하다는 것을 상기시킨다.

지정성별로 패싱되는 건 어떤 의미에서 안전을 담보해 주기도 한다. 바깥세상의 눈에 거슬리지 않으면 시달릴 일도 적다. 내가 삼키면 되는 일들이 많을 뿐. 미용실 선생님이 머리를 개떡같이 해주셔도 '어머! 나를 그렇게 생각하시는구나!'라고 생각하며 모자를 눌러쓰면 그만이다. 화장실 들어가면서 '아이구, 세상살이 이렇게라도 정리해 보려 했구나~' 하면 된다. 그렇지만 어떤 날에는, 아무 말도 할 기운이 없다. '아닌데요' 또는 '뭐라고요?' 또는 '왜요?' 한마디면 되는데도. 그 말을 할 대상 자체가 없기 때문이다. 화장실 문 앞에서, '상식'이나 '법'이나 '과학' 앞에서, 한 사람이 '아닌데요'라고 말하는 일에는 '기운' 정도가 필요한 게 아니기 때문이다.

자 전 거
타 는 법

작년에 혼자서 자전거 타는 법을 익혔다. 자전거를 타고
싶었던 건 아무도 날 만지지 못하는 방식으로 멀리 가고
싶어서였다. 운전은 누군가에게 배워야 하고 달리기는
충분히 빠르지 않다. 바퀴의 둘레만큼 크게 땅을 디디고
싶었다.

연습은 따릉이로 시작했다. 마침 한강이 멀지 않은 곳으로
이사했고 몇 년간 띄엄띄엄 자전거를 타보려다 실패한
경험이 있어서 올라타면 쉬지 않고 페달을 밟아야 한다는
건 알고 있었다. 그럼에도 처음에는 핸들이 너무 무거웠다.
어깨에 힘이 들어가서 갑작스레 꺾이거나, 핸들이 아닌
몸이 통째로 기울어서 쓰러질 뻔한 게 한두 번이 아니었다.
자꾸 엎어지는 상황이라면 차라리 안장을 최대한 낮추고,
안 되겠다 싶을 때마다 발을 디디는 게 나을 것 같았다.
그래서 1분쯤 굴러가다 땅을 짚고, 30초쯤 미끄러지다 홱
핸들을 꺾는 식으로 자전거를 끌었다. 6년 전 처음으로

자전거를 배워보려 했을 때 안장이 높은 자전거를
(그때도 혼자) 타다가 골목에 세워진 자동차를 들이받을
뻔한 적이 있었다. 생각해 보면 낮에는 친구가 연습하는
걸 도와줬는데 밤에 혼자 연습을 하겠다고 나갔다가
전봇대에 자전거를 처박는 식이었다.

어쨌든 작년의 시도에서는 운이 무척 좋았다. 쌩쌩
지나가는 로드바이크 한 무리를 떠나보냈더니, 그 뒤로
꽃무늬 손수건을 두르고 장바구니 달린 자전거를 타는
노년 여성 라이더가 나타났다. 느긋하게 나아가는 그분의
자전거 뒤에서 나는 식은땀을 흘리며 꾸준히 페달을
밟았고, 처음으로 멈추지 않고 10분 넘게 자전거를 탈 수
있었다. 손수건 위 손톱만 한 크기의 분홍 꽃잎, 연두색
꽃받침에 집중하며 페달을 밟다 보니 허벅지가 아파 왔고,
서울시 경계에 도달했다는 표지판이 보였다. 이제 알겠다
싶어져서 자전거에서 내렸다.

그렇게 자전거를 타고 도시 경계까지 나가는 일이 놀이가
되었다. 첫 몇 주간은 주말 낮에만 자전거를 타다가,
공원은 평일 저녁이 훨씬 한산하단 걸 알게 된 후로는 밤에
자전거를 끌고 나갔다. 집에서부터 자전거길까지는 인도로
가거나 차도로 달리면 되는데, 자전거에 익숙해지면서
빨간불이 켜져 텅 빈 4차선 도로를 역방향으로 달리는

게 아슬아슬 즐거웠다. 4차선 도로에서 좌측으로 꺾으면 자전거길로 들어서는 내리막길이 나오고, 여기서는 고꾸라질까 봐 무서워하면서 속도를 줄이기. 앞에 아무도 보이지 않는 길이 나오면 일어서서 페달 밟기. 나무가 드문드문한 공터에 다다라서 달을 올려다보며 내달리기. 몇 번이고 몇 번이고 풀밭을 돌면서 달 아래서 바퀴를 굴린다. 거기서는 울 수도 있고 노래할 수도 있고 깔깔 웃을 수도 있다.

×

지난주 글방에서, '글방 동료 중 이름을 모르는 사람과 포옹하기'라는 과제가 주어졌다. 나는 다른 과제를 하는 시늉을 하면서 바닥에 누워버렸다. 아무하고도 포옹하고 싶지 않다, 라고 쓰고 그 글을 낭독했다. 저런. 글을 읽으면서도 생각했다. 빈말은 못 할지언정 혼잣말까지 다 들리게 하다니.

그렇지만 '포옹' 같은 과제를 받으면 부루퉁한 반항아처럼 굴고 싶어지는 것이다. 몸을 맞대면 뭔가 떠오를 것이라는 발상에. 이전과는 다른 관계를 맺게 될 것이라는 오래된 지혜에. 그걸 부정하지 않기에 나도 몸을 다루는 글방에 돈 내고 왔겠지. 이런 걸 하려고 온 것일지도 모르지.

그렇지만 몸에서 떨어져 나왔다는 감각조차 없이, 애초에 몸이 없는 것처럼 살고 싶은 사람에게 '몸을 붙들라' '다른 사람이 내 몸을 붙들게 두고 나도 다른 몸을 붙들어 보라'고 하는 과제는 고역이었다. 고역이라는 것은 괴롭다기보다는 멀리 가야 한다는 뜻이다. 머릿속으로 10초를 세면서 아무것도 날 만질 수 없는 곳으로 떠나는 것이다.

×

좋아하는 시인은 낭독회에서 자신에게 자연스러운 사랑의 언어가 맞닿음이라고 말했다. 어린 시절 그의 가족들은 집 안이든 밖이든, 서로를 마주치면 손을 한번 꼭 잡거나 머리칼을 헝클어트리거나, 어떤 방식으로든 서로를 쓸어주곤 했다고 한다. 누군가를 안아주거나 볼을 맞대고 있는 것 자체가 목적일 수 있음을 알았다면 난 어떤 사람이 되었을까.

키즈카페에서 인기 알바생이었다던 사람이 쓴 글에 따르면, 아이들은 아닌 척하면서도 모두 안기는 걸 좋아한다. 나는 고양이를 껴안는 걸 무척 좋아하는데 그건 우리 집 고양이가 껴안아지는 걸 즐기지 않기 때문인 것 같다. 내가 귀가하면 고양이는 이미 현관으로 나와 있고, 외투를 벗고 손을 씻는 동안 문지방에 네발을 모은 채 문간에 얼굴과 등허리를 비빈다. 허겁지겁 말린 손을 내밀면 코를 가까이 댔다가도, 팔을 뻗으면 방으로 도망친다. 뒤따라 들어가 짤막한 술래잡기를 하다 몸을 낚아채면 우리의 놀이는 극으로 치닫는다. 고양이의 몸은 내 품에 꼭 맞고 나는 그 묵직하고 말랑한 털 덩이를 가슴팍에 꾹 눌러 담는다. 그리고 내 얼굴을 그의 얼굴에 마구 비빈다. 그 수십 초 동안 고양이는 나를 참아준다는 듯, 몸에 힘을 빼고 콧김을 내뿜는다. 심장이 빠르게 뛴다. 몸통을 누르던 팔의 힘을 빼자마자 고양이는 바닥으로 뛰어내려 나에게서 가장 먼 곳으로 사라진다. 나는 사랑받고 있음이 분명하다….

×

고집대로 몸을 힘껏 쓰고 싶다.
그럼으로써 몸을 잊어버리고 싶다.
혼자 멀리 가는 방법을 손에 쥐고 있어야 타인 곁에 머무를 수 있다.
그리고 나는 자전거 타는 법을 혼자 터득하지 않았다.

1. 생일상

12월의 어느 날. 소희 생일이라 상훈네서 셋이 아침을
먹기로 했다. 아침이라고 해도 소희 기준 첫 식사라
만나는 시간은 오전 11시. 상훈이 미역국과 불고기를
만들겠다고 해서 나는 뭘 할지 고민하다 나물을 무치고
불고기에 넣을 버섯을 가져가기로 했다. 8시쯤 일어나
미역국 먹기 전 혼자 먹을 아침을 만들면서 시금치나물,
무나물, 그리고 당근라페를 만들었다. 당근라페는 나물은
아니지만 색이 예쁘니 좋고 간단한 반찬으로 이만한 게
없지. 보통은 파스타나 샌드위치 같은 양식에 곁들이지만
한식에도 잘 어울린다. 러시아로 이주한 한인들은 배추가
없어서 당근으로 김치를 담가 먹는다고 하지 않던가?
아무튼 나물과 버섯을 챙겨 11시가 되기 전에 상훈네에
도착했는데, 오늘의 주인공이 좀 늦는다고, 주인공이니까
봐달라고 카톡을 보내왔다. 참고로 소희네 집은 상훈네서
앞구르기 다섯 번 정도 하면 도착할 수 있는 거리고,

우리 집은 상훈네까지 멀리뛰기 서른 번쯤 하면 닿을
거리다. 언젠가 우리 셋은 얼마 전부터 셋 다 프리랜서가
된 기념으로(그리고 아침 늦잠을 방지하는 동시에
1인분의 식사를 만드는 귀찮음을 해소하기 위해) 조찬
모임을 만들자고 했었는데 하자고 말은 해놓고 언제부터
실행할지는 몇 주째 아무도 말을 꺼내지 않은 상태였다.
그래서 소희의 생일상은 어쩌면 자칭 ○○동 대부호 3인의
첫 조찬 모임이기도 한 셈(상훈은 우리 셋 중 가장 키가
크기 때문에 '대'를 담당하고, 소희는 본인의 부치니스를
부정하는 생태계 교란자이기 때문에 '부'를, 나는 물론
'호'를 맡고 있다). 상훈네 집에 드디어 소희가 도착하여
우리는 다 같이 의젓하게 생일상 앞에 앉았다.
아침을 다 먹고 나서 소희에게 생일 선물을 줬다. 작업실
근처 문방구에서 짱구와 마이멜로디 키링 뽑기 두 개를
샀는데 그중 하나를 고르라고 했다. 둘 다 달걀 모양의
주먹만 한 플라스틱 통 안에 들어 있어서 내용물이 뭔지는
나도 모른다. 소희는 예상대로 파란색 통에 들어 있는
짱구 시리즈 키링을 고른다. 열어보니 짱구가 하늘을
향해 검지를 뻗고 있다. 역시 주인공일세. 상훈은 남아
있는 분홍색 통을 열어 핑크핑크하고 하트가 콕콕 박힌
마이멜로디 키링을 획득한다. 평소 핑크색 물건이라고는
하나도 가까이 두지 않는 상훈이어서 특히 뿌듯하다.
예전에 소희네서, 소희가 문방구에서 사 온 타투 스티커를

서로에게 붙여준 적이 있었는데(어떤 내기의 벌칙이었다)
그때 상훈에게 'Pretty Girl' 'Girls on Top' 그런 유의 필기체
타투를 붙이게 했던 기억이 난다.

"귤 먹을래?" 상훈은 식기를 정리하다가 냉장고를 열어
나와 소희에게 귤을 하나씩 건넨다.

"아 씨, 차가워!" 나는 상훈이 준 귤을 나도 모르게
식탁에다 팽개친다.

"왜 저래… 준 사람 무안하게." 소희가 귤을 까며 말한다.

"미안, 내가 요새 감기 기운이 있어서 그런가… 차가운 게
먹기 싫어."

"아까 물도 냉장한 거 마시기 싫다고 내 컵에 있던 물
먹더라." 상훈은 좀 뾰로통한 목소리다.

"그거 상훈 물이었어? 미안… 아니, 날도 추운데 물까지
차가운 거 싫다고…. 근데 나 지금 완전 우리 할머니처럼
화냈어. 할머니도 컨디션 안 좋으면 차가운 거 절대 안
먹고 금방 짜증 내시고 그러거든."

"아 맞다. 블루베리도 있는데 먹을래?" 상훈은 어제 장을
봐 왔다며 블루베리가 든 플라스틱 통을 식탁에 올린다.
소희가 바로 뚜껑을 열어 블루베리 하나를 입에 넣는다.

"오, 맛있다."

"씻어서 먹어야지!!"

상훈은 다급하게 블루베리 통을 도로 빼앗아 간다.

상훈이 다 씻은 블루베리를 접시에 담아내고 내가 모든

음식을 냉장 보관 해야 성이 풀리는 상훈을 589번째로
취조하는 동안 소희는 조용히 귤을 까먹는다. 그러다 문득
생각났다는 듯이 말한다.
"우리, 나중에 양로원 가도 이럴 거야. 예를 들어서 막…
자두 같은 걸 냉장고에서 상훈이가 꺼내 줬는데 호영은
그거 차갑다고 바닥에 냅다 던져. 나는 바닥에 떨어진 거
먹으려고 하고. 그럼 상훈은 그거 먹지 마! 이러면서 계속
우리 뒤치다꺼리함. 상훈이만 개고생이네."
"으하하."
귤이랑 블루베리, 차갑지만 진짜 맛있었다.

2. 우리 동네 자랑거리
어느 날 아침, 카톡방의 정적을 깨는 상훈의 메시지.

[상훈]   있잖아
         수냥이(상훈과 사는 고양이)가 오늘 해낸 일
         자랑해도 돼?
         내가 다 자랑스러워서
[호영]   ㅋㅋㅋㅋㅋ 응 뭐길래
[상훈]   (사진: 고양이가 싼 거라고 믿기지 않을 정도로
         기다란 똥 한 줄. 벤토나이트 모래로 한 겹 덮여
         있지만 대충 봐도 검지손가락 하나 길이는 될 거
         같다)

166

[호영]　알ㅋㅋㅋㅋㅋㅋㅋㅋㅋ

　　　　와 진짜 길다

　　　　시원했겠다

[상훈]　그치

　　　　나도 첨 봐

[호영]　수냥이 대단한 고양이

[상훈]　맞아 대단해~~

[소희]　좋은 아침이네

3. 아름답고 볼 일이다

상훈과 피부과에 갔다가 점심 먹으러 갔다. 피부과에 간
것은 그 자체로 하나의 에피소드라 따로 쓰는 게 좋을
것 같다. 어쨌든 맛있기로 유명한 동네 백반집에 갔는데
유수의 한정식 식당답게 메뉴가 무척 다양하고 주위
사람들이 먹는 게 모두 맛있어 보여서 둘이 뭘 시켜야
최적의 조합이 될지 고민이었다. 된장찌개와 제육볶음?
2인 이상만 시킬 수 있는 부대찌개? 아니면 영혼의 고향
김치찌개? 강력한 냄새만 아니면 맨날 먹고 싶은 청국장?
찌개가 제일 끌리기는 한데 헬스장 다니는 사람으로서 매
끼니 단백질을 많이 먹어야 한다는 강박에 시달리는 나는
상훈이 대신 제육볶음을 시켜줬으면 했다. 하지만 상훈은
피지 과다 분비를 우려하는 '꾸앤꾸' 트랜스젠더로서(이건
소희의 언어다―자기가 아는 모든 트젠들은 '꾸민 듯

167

안 꾸민 듯' 하지 않고 '꾸미고 꾸미는' 사람들이더라고)
제육볶음을 기꺼워하지 않았다. 조금 전에 식사를 마친 옆
테이블에 남겨진 냄비를 보니 동태탕을 먹은 것 같았다.
그래, 날도 추운데 뜨끈한 국물이 최고지. 동태탕 어때?
라고 말하려던 참, 부엌과 홀 사이에 강연단처럼 조금
높은 곳에서 식당의 동태를 관찰하고 있던 사장님께서
우리에게 지시를 내리셨다. "커닝 그만하고 얼른 주문혀!"
나는 발등에 불 떨어진 기분으로 "그래, 동태탕 하자"라고
상훈에게 말했고 상훈은 망설이는 듯했지만 나와 사장님의
재촉에 못 이겨 동태탕 2인분을 함께 먹게 되었다.
탕이 나오기 전 상훈이 "물 좀 주세요~"라고 하자
테이블을 정리하던 직원분은 "저 냉장고에서 가져가"라고
말했고 반찬을 먼저 내오신 사장님은 마늘종이 들어간
마른 생선볶음을 내려놓으시며 "이거 뭔지 알어?
모르면 도로 가져갈 겨"라며 우리를 위협했다. 우리는
머뭇거리다 질문에 답하지 못했고 "쥐포!"라는 따끔한
응답을 경청한 뒤 다행히도 반찬을 회수당하지 않고
식사를 시작할 수 있었다. 그날 상에 오른 반찬 중 빨갛지
않은 것은 이것뿐이었으므로 우리는 쥐포마늘종볶음을
한 차례 리필해서 먹었는데 이때에도 상훈의 "더 주실
수 있나요?"라는 물음은 "저~ 가서 받아 가"라는 지시로
튕겨져 나왔다(접시를 가져가니 반찬을 원 없이 가득
주시긴 했다).

우리 옆자리에 앉아 식사하던 두 명의 중년 여성이 식사를
마치고 계산대로 갔는데, 상대방이 한턱내는 불상사를
막기 위해 두 사람은 사지가 뒤엉킨 채 격정적인 탱고
무용수와 흡사한 모양새로 카운터를 향해 전진했다.
장군처럼 카운터를 지키던 사장님은 두 여인 중
자신에게서 더 멀리 떨어져 있으나 곧게 뻗은 손끝으로
카드를 치켜들고 있는 이와 눈을 맞추며 "아유, 맛있게
드셨어요?" 물으시곤 카드를 간택해 주셨다. 그러자
사장님과 동행인 사이에 끼어 몸이 배배 꼬여 있던, 단정한
밤색의 단발머리 여성이 우는소리를 내는 것이었다. "아이,
제가 오늘 점심 사려고 멀리서부터 왔는데….."
"그러니까 더더욱 안 되지~! 멀리서 온 데다 이쁘기까지
한 사람은 얻어먹기나 해야지." 점심값 파이트의 승리자가
고개를 끄덕였다.
이 사건 하나뿐이었다면 별생각 없었겠지만, 사장님의
아름다움 예찬은 그 후로도 이어졌다.
"여전히 맛있네요"라며 눈웃음을 짓는 손님에게: "아이구
감사합니다. 여전히 아름다우세요."
20대 초반으로 보이는 두 여성 손님에게: "이쁜 아가씨들이
잘 먹어서 내가 다 배불러."
나와 상훈에게는 메뉴 선정 시점부터 태도가 다르셨기에
나는 우리가 계산할 때 그와 같은 덕담을 듣지 못할 것은
알고 있었다. 그렇지만 반찬을 주시면서 우리에게 하신

말씀이 있다 보니, 밥값을 계산해 주시면서는 어떤 농을
치실까 기대가 되었다. 상훈과 나 사이에서야 밥값 분쟁
따위가 있을 리 만무했다. 상훈에게 계좌이체로 내 몫의
밥값을 보내주기로 하고, 상훈이 카운터로 갔다.

"잘 먹었습니다."

"네~ 같이 계산해요?"

"네."

"안녕히 가세요.~"

그렇다. 그뿐이었다. 우리에겐 농담조차 베풀 필요를
느끼지 않으셨던 것이다.

차를 세워둔 주차장으로 걸어 돌아가며 우리는 푸념하지
않을 수 없었다.

"아니 나는 적어도 구박이라도 더 하실 줄 알았지….."

"그러니까. 여자로 밥 먹고 다니던 때랑 너무 다르다….
나는 웃고 다니잖아, 그래서 늘 이모님들이 나를
예뻐했다고."

"웃는 건 지금도 마찬가지잖아."

"그래, 근데 방실 웃는 나를 여자애다, 이렇게 인식하고
나면, 그러면 다들 나한테 더 친절했어. 나 중년 여성들의
아이돌이었단 말이야….."

"하… 난 웃질 않아서 그런가? 트랜지션 전에도 그런 일은
없었다."

"그렇구나⋯." 상훈은 담배 연기를 후 — 내뱉었다.

"아름답고 볼 일이야."

집으로 돌아가는 길에 우리는 피지 과다 분비로 인한
아름다움의 소실에 대해, 요즘 세상에서는 '여드름'이라는
말이 아니라 '트러블'이라는 말이 통용된다는 사실에
대해, 성인이 되어 이차성징을 다시 겪는 이로서 갖게 된,
이반지하식으로 말하자면 '중닭 미학'[17]에 대해, 이 상황을
타개하기 위해 우리가 쓰고자 하는, 그리고 이미 써온
돈과 시간에 대해 토로했다. 상훈은 바로 다음 날, 나는
다음 주에 피부과 미용 시술을 앞둔 어느 화요일 오후의
일이었다.

[17] "나는 예술에서 중닭의 아름다움이
진하게 느껴질 때 완전히 매혹된다.
영원히 도달하거나 완성하지 못할
어떤 이상적인 아름다움이 있는데,
그 앞에서 못난이를 숨기지 않은 채
대놓고 '나는 그곳에 이르지 못했소!
나는 중닭이오!' 하고 튀어나온
그 아름다움은, 절대로 거부할 수
없는 무엇이 된다. 세상의 모든
아름다움이라는 말은 다 바로 이런
중닭 앞에 무릎을 꿇어야 한다."
이반지하, 《이웃집 퀴어 이반지하》,
문학동네, 2021년, 329쪽.

라이너 노트:
번역이랑

"이런 거 재밌어하실 거 같아서 보내드려요."

오랫동안 흠모해 온 아티스트 이랑 님에게 가사 번역문
초고를 보내며 나는 이렇게 썼다. 이메일에 링크를 걸어둔
구글 문서에는 한국어 원문과 함께 여기저기 메모가 잔뜩
달린 영어 번역문이 나란히 배치되어 있었다.
이 영단어는 어떤 인상을 주는지, 이 표현은 의역이지만
왜 이 노래와 어울리는지 번역가로서 선택의 이유를 풀어
쓴 메모도 있었지만, 내가 아직 이 원문을 다 해석하지
못했음을 드러내는 댓글도 여럿 있었다. '여기 나오는
울음은 어떤 울음이에요?' '이 단어 대신 ○○나 ○○도
고려하고 있는데 어떤 걸 선호하세요?' 같은 질문처럼.
이 정도로 번역 과정을 작가에게 드러내는 건 처음이라,
메일을 보내기 전까지 한동안 고민했다. 이전에도
작가에게 질문을 보낸 적은 있었지만 그럴 때마다 작가
입장에서는 '추가 업무'일 일을 최대한 간소화하려

노력했고, 소통은 대체로 이메일 한두 통으로 마무리됐다.
지금도 이런 업무 방식이 딱히 아쉽지는 않다. 각자가
담당하는 영역이 있는 것이니 말이다. 그렇지만 랑 님의
가사를 번역하면서는, 번역 과정에 랑 님을 초대하는
쪽이 재미있을뿐더러 더 좋은 번역을 만들어내기 위해
필요하다는 생각이 들었다. 내게 번역을 의뢰하며 랑
님은 나를 집으로 초대해 노래 하나하나를 어떤 마음으로
썼는지 이야기해 주셨기 때문이다.

글이라는 표면 저변에 있는 이야기를 듣고 나서 작업을
시작했다는 점. 그로 인해 나 또한 번역의 표면에서는
드러나지 않는, 보통 나만 알고 있는 이야기를 나누며
번역문의 목소리를 만들었다는 점. 랑 님의 목소리를
번역하는 일이 내가 이전까지 해온 번역과 달랐던 이유다.
2022년 8월부터 2023년 2월 사이, 앨범《욘욘슨》《신의
놀이》《늑대가 나타났다》에 실린 서른세 곡, 그리고 싱글
〈삶과 잠과 언니와 나〉의 가사를 번역하며 랑 님과 나눈
대화는 그래서 나에게 각별한 기록이다. 구글 문서의 댓글
기능으로 오간 열띤 질문과 감탄을 둘만 알고 있기 아까워
우리는 2023년 봄에 재미공작소에서 '번역이랑'이라는
토크 이벤트를 열기도 했다. 이날 두 시간 안에 꺼내 보일
수 있었던 대화는 극히 일부였다 보니, 언젠가 이 기록을
전부 펼쳐 보일 수 있는 기회가 있길 바란다.

'라이너 노트'는 CD나 LP에 딸린 가사집이나 크레디트,

고마운 이들을 표기한 텍스트를 지칭한다. 요즘에는 드문 일인 것 같지만 과거에는 이 라이너 노트에 아티스트나 평론가, 지인이 쓴 에세이가 실리는 일도 있었다. 아래 기록은 내 마음대로 기획한 가상 앨범 《번역이랑》의 라이너 노트 중 일부이다. 이 글에서는 랑 님과 함께 만든 번역문 중 〈환란의 세대〉, 〈욘욘슨〉, 그리고 〈졸업영화제〉 세 곡의 이야기를 다룬다.

1. Intro

비 오는 여름밤, 나는 동네 친구 상훈과 함께 홍대 앞 공연장 겸 바 스트레인지프룻에 갔다. 그날 랑 님은 음악 페스티벌 공연을 마치고 미국에서 온 밴드 '재패니즈 브렉퍼스트Japanese Breakfast'와 뒤풀이를 하는 중이었고, 나와 훈은 영어 쫌 한다는 동네 사람으로 그 자리에 끼게 됐다. 마침 며칠 전 재패니즈 브렉퍼스트가 한국어 버전을 발표한 곡 〈Be Sweet〉를 들었던 참이라, 《H마트에서 울다》의 작가이자 밴드의 리드 보컬인 미셸 자우너 님께 잘 들었다고 인사했다. 그런데 아뿔싸, 그냥 '좋았다'고 하면 될 것을 "'Make it up to me'를 '내게 반성해 봐'로 번역한 건 어색하더라구요"라고 말해버렸다. 'Make it up to me'를 케이팝 조미료 좀 쳐서 번역하면 '내 마음을 녹여봐' 정도일 텐데, '내게 반성해 봐'라는 가사를 들으면서는 외쿡인 선생님에게 혼쭐나는 느낌이 들었던 게 사실이다.

하지만 가사 번역은 멜로디에 맞춰 부를 것도 생각해야
하니 '내게 반성해 봐'가 된 여러 전후 사정이 있을 텐데….
가사 번역을 해본 적도 없으면서 나댄 걸 집에 가는 길에는
좀 후회했다. 그런데 그날 이후, 랑 님에게서 가사 번역을
할 수 있겠냐는 연락이 온 것이다. '세상에, 내가 이걸 해도
되나' 싶은 생각도 잠시. '혹시 이거, 영어로도 부를 수
있게 번역해야 하는 건가? 그런 초고난도 번역을 내가 할
수 있단 말인가?' 하는 걱정에 휩싸였다.
집 근처 냉면집에서 랑 님을 만나 여쭤보니, 다행히도
노래를 영어로 부를 수 있게 번역해야 하는 건 아니었다.
의미와 리듬감을 옮기는 거라면 그동안 내가 해온 시
번역과 크게 다르지 않을 터…. 마음을 다잡고 번역을
해보겠다고 말했다.

2. 눈물을 번역하는 방법
랑 님의 노래에는 눈물이 많다. 〈이야기속으로〉의
화자는 "늦은 밤 나무 위에 올라 큰소리로" 울고, 〈늑대가
나타났다〉에서는 가난한 여인이 "이른 아침 […] 굶어
죽은 자식의 시체를 안고 가난한 사람들의 동네를 울며
지나"간다. 〈신의 놀이〉에서 제물로 바쳐진 "단순한
영웅"의 죽음을 "사람들은 […] 눈물을 흘리며" 기린다.
또한 어떤 노래에서는 아무도 울지를 않아서 나는 그 노래
안에 몸을 누일 수 있었다. 몇 년 전, 평소 연락이 뜸하던

아버지가 내게 생일 선물로 줬던 전자기기를 돌려달라고
전화했던 날, 나는 이를 악물고 〈슬프게 화가 난다〉를 반복
재생하다 잠들었다.

눈물이 되어 흐르는 마음, 눈물로도 맺히지 못하는 마음.
나는 그런 마음들을 어찌할 줄 몰라 한동안 출근하는
날마다 〈환란의 세대〉를 들었다. 이 노래를 계속해 들을
수 있다면, 그렇게 해서 눈물을 흘릴 수만 있다면. 그러면
언제까지라도 걷겠다고 생각했다. 노래가 비명으로 부풀어
오르고 단어로 구분되지 않는 소리가 폭포수처럼 낙하하던
순간, 청명한 아침의 물줄기를 거슬러 달리기 시작했던
기억이 난다.

〈환란의 세대〉를 번역하며 우리는 이런 대화를 나눴다.

환란의 세대

또 사람 죽는 것처럼 울었지
Again, we burst into tears as if someone had died
인천공항에서도 나리타공항에서도
At the Incheon Airport, and at Narita too

사랑하는 사람이 죽는다는 소식을 듣게 된다면, 나는
흐느끼며 울지 않을 것이다. 내 얼굴에 흐르는 눈물은
한 줄기로 또르르 구르지 않을 것이다. 닭똥처럼 뚝뚝

떨어지지도 않을 테다. 여기서 떠오르는 건 오로지, 온 얼굴이 일그러지도록 터지는 눈물.

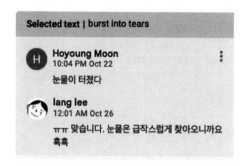

울지 말자고 서로 힘내서 약속해 놓고
So much for promising to be strong
돌아오며 내내
The whole way back, I couldn't stop

"돌아오며 내내"를 뒤따르는 여백은 앞서 언급된 약속 때문에 "울었다"라는 말 없이도 눈물로 차오른다.
그 울음을 나 또한 여백으로 두고 싶어서 cry, tears 같은 단어로 형태를 정해두지 않고
"마음 굳게 먹자고 한 약속이 무색하게 / 돌아오는 내내 멈출 수 없었다"라고 번역했다.

언제 또 만날까
When will we meet again
아무런 약속도 되어 있지 않고
Since nothing is promised
어쩌면 오늘 이후로 다시 만날 리 없는
Today might be our last, so

아무런 약속도 되어 있지 않다는 건 우리끼리의 기약이
없다는 것이기도 하고, 다시 만날 기회가 있으리란
보장이 없다는 뜻이기도 하다. 세상은 우리에게 그 무엇도
약속하지 않았다.
앞서 한 '울지 말자, 마음 굳게 먹자는 약속promising to be
strong'은 '세상이 우리에게 한 약속, 또는 사실 그 무엇도
약속하지 않음nothing is promised'으로 확장된다. 그 약속의
연약함이 '오늘이 마지막'일 수도 있다는 마음에 힘을 실어
준다.

귀한 내 친구들아
My dear friends
동시에 다 죽어버리자
Let's die together all at once
그 시간이 찾아오기 전에
Before our time comes

먼저 선수 쳐버리자

Let's beat fate to the finish

원문에서는 "그 시간"이었던 것을 "우리의 시간our time"으로
바꾸었다.
운명을 선수 치는 방법은 우리의 시간이 끝나기 전에,
운명보다 먼저 결승점에 가버리는 것이다.

Let's beat fate to the finish

H **Hoyoung Moon**
Oct 22, 2022
⋮

운명과의 달리기에서 먼저 결승점에 가버리
자, 또는 원래는 운명이 우리의 삶을 마무리
지어야겠지만 우리가 마무리해버리자

 **lang lee**
Oct 26, 2022

아아 너무 멋지네요.... ㅠㅠ 환란의 세대 호
영님 번역은 감동이네요.

내 시간이 지나가네

My time goes by

그 시간이 가는 것처럼

And the way that time keeps going

이 세대도 지나가네

This generation too is passing

처음에는 이 문장들이 무척 모호하게 느껴졌다. 내 시간이
지나간다는 건 시간이 흘러 결국 내가 죽는다는 걸까?
나라는 개인이 때가 되면 죽듯, 이 세대 또한 결국엔 전부
없어질 거란 걸까? "그 시간이 가는 것처럼"의 "그 시간"은
바로 앞 문단, 우리가 죽게 되는 순간을 지칭하는 걸까?
랑 님의 이야기를 듣고 만든 번역문의 의도는 이러하다.
우리가 맞을 죽음의 순간, 즉 our time이 도래하기 전,
"내 시간my time"은 어찌 되었든 하루하루 지나가고 있다.
이렇게 시간이 흐르듯, 한 세대라는 커다란 집단도 결국
시간을 지나며 소멸한다. 어느 날의 나는 어떤 나이가 되어
있는 것처럼, 세대라는 커다란 범주 또한 나를 지나간다.

> **H** Hoyoung Moon
> Oct 27, 2022   ⋮
>
> 그 시간이 가는 것처럼 은 무슨 뜻이에요? 잘
> 이해를 못한 거 같은데.. 그냥 추상적인 큰 개
> 념의 시간인가요? 어떤 특정한 시기를 말하
> 나요?
>
>  lang lee
> Oct 28, 2022
>
> 시간=인생 이라고나 할까... 나는 그냥 살고
> 있는데 하루는 24시간이고 1년은 365일이
> 고 그게 지나다보면 막 몇 살이래고 어른이
> 래고, 밀레니얼 세대라던지 무슨 세대라던지
> 이름이 붙잖아요. 그렇게 이름이 붙은 하루,
> 일년, 세대 등이 나에게 슉슉슉 붙었다 떨어
> 졌다 하며 인생(시간)이 흘러가는게 이상하
> 게 여겨지는 마음... (참고 이미지: 카톡으로
> 전송할게요

모든 것이 지난 후에

After it's all been said and done

그제서야 넌 화를 내겠니

Will you get angry then?

모든 것이 지난 후에

After it's all been said and done

그제서야 넌 슬피 울겠니

Will you weep in sorrow then?

"그제서야 넌 슬피 울겠니"를 처음에는 'Will you cry for me then?너는 그때 나를 위해 울겠니?'로 옮겼다. 원문에는 없는 '나를 위해'를 추가했던 것을 보면 사랑하는 '나'를 떠나보내고서야 후회하며 눈물 흘리는 '너'를 상상했던 것 같다. 그렇지만 역시 원문에 없는 걸 더하는 게 맞나 싶어 랑 님께 질문을 남겼다. 지금의 번역에서는 'weep'이라는 동사를 썼는데, 'cry'라는 막연하고 둥그스름한 동사보다 구슬픈 인상이라 슬피 우는 모습과 훨씬 어울린다. 흑흑 울 때 천천히 뺨을 타고 흐르는 눈물.

Will you cry for me then?

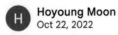

Hoyoung Moon
Oct 22, 2022

⋮

'for me' 는 제가 추가한 건데 빼도 됩니다!
다른 선택지: Will you weep then?

lang lee
Oct 26, 2022

울고 있는 사람은 나를 위해 우는 것은 아니
고, 자기 인생을 후회하며 우는 것인데요.. 뭐
라고 하면 좋을까요.. 'for me'는 위의 이유
로 아닌 것 같고... 외롭고, 고립되고, 돌이킬
수 없는 것들에 둘러쌓여 후회로 가득차 혼
자 우는 고런 늬낌..

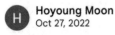

Hoyoung Moon
Oct 27, 2022

⋮

Will you weep in sorrow then?
이렇게 하는 게 좋을 거 같아요
이게 국문과 가장 가까운 듯..

lang lee
Oct 28, 2022

쏘로우 좋아요!

× 번외편: 〈이야기속으로〉

늦은 밤 나무 위에 올라 큰소리로 난 울었지
Late at night I climbed a tree and started to sob

처음에는 여기에 나오는 커다란 울음소리를 꺼이꺼이
우는 것으로 상상하고 'wail목 놓아 울다'로 옮겼지만
아무래도 확인해 보는 게 좋겠다 싶어 질문을 남겼다. 역시
물어보길 잘했다.

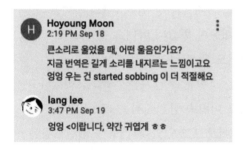

원문에 없는 구체성을 부여하는 게 윤리적인 선택일지
매번 고민한다. 그럴 때마다 작가와 소통하며 확인을
받을 수 있는 건 아니다. 의도된 모호함을 보존하려고
하는 편이지만, 'cried loudly'라는 표현이 영어로 얼마나
밋밋하게 느껴지는지와는 별개로 원문이 그렇다면 그렇게
두는 게 옳은 것 아닐까? 이런 고민을 할 때마다 그렇게
원문을 엄격히 따르는 번역이 과연 내가 원문을 읽을 때

느끼는 감정을, 그 경험을 불러일으키는지 자문하게 된다.
내가 '원문에 충실한 번역'이라는, 실패할 수밖에 없는
시도를 계속하는 것은 사전적 의미를 전달하고 싶어서가
아니다. 도착어의 독자와도 내가 이 작품을 통과할 때마다
겪는 경험을 나누고 싶기 때문이다.

3. 번역할 수 없는 것

2, 3집 번역을 마치고 1집의 〈욘욘슨〉 작업에 대해
이야기하던 날, 랑 님은 유독 신이 나 보였다. "호영
님, 이거 어떻게 하실 거예요?" 랑 님은 1집의 타이틀곡
가사를 가리켰다. "개똥아 똥쌌니 아니오 아니오"로
시작해, 앞으로 읽어도 뒤로 읽어도 똑같은 말,
'팰린드롬palindrome'을 모아둔 구간. 번역 작업을 하겠다고
용기 내 말했을 때도 머릿속 한편에서는 1집에 대한
걱정이 뭉게뭉게 피어오르고 있었다. 개똥아 팰린드롬은
그렇다 쳐도, 〈졸업영화제〉에 등장하는 말장난 "서수한무
거북이와 두루미 삼천갑자 동방삭…"은 어쩔 것인가? 랑
님 앞에서는 "아우 그러니까요… 어떡하죠?" 하며 조금
난처한 표정을 짓는 정도에서 그쳤지만, 내 머릿속의 미니-
호영은 드디어 올 게 왔다고 탄식하다가, 그래서 도대체
어쩔 거냐고 비명을 지르고 있었다. '어떡해, 어떡하냐고!'
비좁은 머리통 안에서 빙빙 돌다 못해 점점 커지는
블랙홀을 생성 중인 그. 나는 가까스로 블랙홀 주위로 벨벳

커튼을 두르고 마감일을 협의한 다음 집에 왔다.

내 컴퓨터에 있는 '번역이랑' 폴더 안의 모든 문서 중, 앞서 말한 이 두 구간에만 여전히 노란색 하이라이트 표시가 남아 있다. 그 아래로는 온갖 연습 번역과 참고가 될까 해서 모아둔 메모 더미도. 지금도 《욘욘슨》 앨범 번역을 하던 시기 회사에서 퇴근하고 집에 와 한참 '돌림노래'라든가 '구전동화' 같은 걸 검색해 보던 기억이 난다.

그러면 우선 타이틀곡 〈욘욘슨〉 속 문제의 구간을 보자.

개똥아 똥쌌니 아니오 아니오
개똥아 똥쌌니 아니오 아니오
개똥아 똥먹니 아니오 아니오
개똥아 똥먹니 아니오 아니오
토마토 도마도 오디오 오레오
고맙고 괴엽긔 기러기 기중기

이렇게 한 줄로 나열하면 잘 보이지 않지만, "개똥아" "똥쌌니" "아니오"는 아래처럼 3음절×3음절 형태로 적었을 때 가로로 읽든 세로로 읽든 같은 문장을 만들어내는 초고난도 팰린드롬이다.

개 똥 아
똥 쌌 니
아 니 오

영어는 받침 없이 가로로만 글자를 쌓는 언어여서인지
'개똥아 팰린드롬'처럼 멋들어진 정사각형 형태의
팰린드롬이 굉장히 드물고, 그 내용은 주로 되지 않는
것을 되게 만드는 데 천착하는 언어학 오타쿠가 만든
것이므로 지나치게 근엄하다(궁금하신 분들은 word
square palindrome을 검색해 보시라). 그들처럼 라틴어를
동원한다거나 없는 단어를 창조하면서 이 가사를
옮긴다면 '개똥아 똥쌌니 정신'에 위배될 터. 그래서
생각한 것이 개똥이 이야기의 내용을 최대한 비슷하게
옮기되 리듬감에 집중하는 방법이다.

개똥아 똥쌌니 아니오 아니오	Hey there little poohead
개똥아 똥쌌니 아니오 아니오	Did you mess up the loo
개똥아 똥먹니 아니오 아니오	No ma'am, not me
개똥아 똥먹니 아니오 아니오	No way, not today
토마토 도마도 오디오 오레오	Hey there little poohead
고맙고 긔엽긔 기러기 기중기	Did you eat all your poo
	No ma'am, not me
	No way, not today
	Tomato, potato, romeo, oreo
	No lemon, no melon, taco cat in
	a kayak

개똥이 이야기 이후에 등장하는 "Tomato, potato, romeo,
oreo"는 팰린드롬처럼 앞뒤 음절이 비슷한 단어, 나란히

읽었을 때 서로 소리가 비슷한 단어로 구성했다.

 Hoyoung Moon
Feb 5, 2023

문제의 개똥아 똥쌌니 아니오 부분.. ㅋㅋ

이건 그냥 제가 지어낸 라임인데요.. 대충 번역하면

어이 고약한 꼬맹아 / 뒷간에 갔니 / 아니오 안 갔어요 / 절대 아니요 오늘은 아니에요

어이 고약한 꼬맹아 / 똥은 다 먹었니 / 아니요 안 먹었어요 / 절대 아니요 오늘은 아니에요

원문처럼 가로 세로 삼행시 대칭이 맞지는 않습니다만.. 원문의 의미를 얼추 담으면서 동요같은 라임을 넣고자 했습니다

 lang lee
Feb 5, 2023

아.. 1집 영번역 최대의 난관 봉착...
일어번역은 한글발음=카타카나로 썼는데요...
제가 일본에서 공연할 때 항상 일어자막을 무대에 띄우는데, 이 부분만 나오면 관객들이 다들 어리둥절대잔치이고... 노래 끝나고도 그 자막이 뭐였는지 관객들에게 설명하기도 어렵고(그 정도 일어실력이 안 됩니다) 허허허

개 똥 아
똥 쌌 니
아 니 오... 이걸 어케 설명해 ㅠㅠ

여기 번역.. 그냥 호영님이 해주신대로 의탁하고 싶어요. 제가 뭘 더 코멘트할 수 있을지 ㅋㅋㅋ 모르겠어요.
'원문 의미가 담겼으면서 동요같은 라임'이면 최선을 다했다고 생각합니다. ㅠㅠ

휴! 이렇게 산 하나를 넘고 나니 〈졸업영화제〉가 남아 있었다.

서수한무 거북이와 두루미 삼천갑자 동방삭
치치카포 사리사리센타 워리워리 세뿌리깡
무두셀라와 구루미 허리케인에 담벼락 서생원에 고양이

'서, 수한무 —' 하고 시작하는 이 말장난은 1970년대에 방영한 TV 코미디 프로그램에서 유행한 개그라고 한다.

특유의 리듬을 타면 절로 몸이 들썩이는 이 기나긴
말뭉치는 5대 독자 아들의 장수를 기원하며 한 아버지가
점쟁이에게 받아 온 이름인데, 점쟁이는 아이를 부를 때
온갖 장수의 상징이 담긴 이 이름에서 한 자도 빠트리면 안
된다고 당부했다. 그로 인해 정작 아이가 위험에 처했을 때
숨넘어가게 긴 이름을 부르느라 아버지는 아이를 구하지
못했다고 한다.

그리하여 뻗어나간 생각들:

1) '서수한무…' 이름에 있는 장수의 상징을 영미권
청자에게 익숙할 법한 것들로 대체하는 건 의미가 없다.
애초에 '장수를 기원하는 이름'이란 걸 영미권 구전설화
같은 데서는 본 적이 없기에 이 이름의 목적 자체가 낯설
터. 내용물을 바꿔도 각주가 필요할 것이다.

2) 그렇다면 가사에 약간의 설명을 추가하되(여기서부터
이름이라는 걸 알려주는 '그 이름은the name goes', 여러
(고유)명사를 이어주는 'and', 이 명사들이 왜 들어갔는지
힌트를 주는 '~처럼 오래 살고 강한' 등을 추가하고),
각주로 이 이름은 한국 코미디 프로그램에 등장하는 편치
라인이다…라고 배경을 설명하는 방법이 있다.

여기까지 생각한 것을 공유하며 랑 님에게 질문을 남겼다.

일본어 번역은 어떻게 하셨나요...? 다른 번
역본이 있다면 힌트를 얻고 싶네요...

랑님도 이 곡 가사 관련해 무엇이든 얘기를
좀 나눠주시면 도움이 될 거 같습니다 ㅜㅜ
ㅋㅋ

 lang lee
Feb 5, 2023

일본어 가사집 찾아보니 발음 그대로 카타카
나로 쓰여있고, 각주에 *옛이야기에 나오는
가장 긴 이름: 일본 설화 ???과 비슷한 모티
프 라고 되어있더라고요.

장수를 바라며 지은, '서'씨 가문의 자손 이름
인데.. 장수하는 동물이름들과 말장난이 섞
여있다..라고 가사에 써야 하는지 각주에 써
야하는지.. 가사를 한글 발음과 영단어를 섞
어야 하는지?! 너무 어렵다!!! (그리고 가사
등록 사이트에는 각주가 등록 안 되는
점.......텍스트로써는 각주를 갖고 있는 게 좋
겠습니다)

일본에는 비슷한 설화가 있다니…! 같은 한자문화권이라
누리는 특권일까…. 이럴 때는 일어, 중국어 번역가분들이
부러워진다.

어쨌든 랑 님도 번역이 워낙 어려운 부분이니 원문의
'의미'를 최대한 전달하는 2번 방식이 최선일 것 같다고

여기시는 것 같아 일단 이렇게 번역해 보았다.

The name goes

Long live like the turtle and the crane

The immortal Dong Bang-sak, Chichikapo Sarisarisenta, and

Methuselah

Grow strong as cloud is to sun, wall is to hurricane, cat is to

Mr. Mouse*

* This line references a punchline from a 1970s Korean comedy show, in
which a father gives his only son a very long name in hopes of ensuring
his health and longevity. Ironically, due to this long name the father is
unable to call his son quickly enough to get him out of harm's way.

그의 이름으로 말하자면

거북이와 두루미처럼

불멸의 동방삭, 치치카포 사리사리센타와 무두셀라처럼

오래 살라

구름이 해에 강하듯, 허리케인에 벽이 강하듯, 생쥐 씨에게

고양이가 강하듯이 성장하여라

* 이 구절은 1970년대 한국의 코미디쇼에서 펀치 라인으로 등장했다.
한 아버지는 아들의 무병장수를 기원하며 긴 이름을 지어주었는데,
아이러니하게도 이 기나긴 이름을 부르다 위험에 처한 아들을 구하지
못했다.

이렇게 번역해 보니 마음이 영 찝찝했다. '서, 수한무 —'
개그의 핵심은 단어 하나하나의 뜻이 아니라 이게 여기서
왜 튀어나오는지 모를 난센스를 리듬 타며 부를 때 나오는
흥이 아니던가?

그래서 나는 '서, 수한무' 노래를 부르며 음절을 세기
시작했다.

이제 틀을 정리했으니 내용을 채워야 했다. 영미권에서
서수한무처럼 어릴 때부터 많이 접하는 동화 속 인물은
뭐가 있을까? 그중에서도 죽음과 관련되었지만 우스운
이야기…. 그러다 떠오른 게 험티덤티Humpty Dumpty였다.
험티덤티는 가녀린 팔다리가 달린 커다란 달걀인데, 굳이
높은 벽 위에 앉아 다리를 흔들어대다 어느 날 쿵! 하고
떨어져 산산조각이 난다. 왕국의 온갖 정의롭고 할 일 없는

기사들이 달려와 험티덤티를 도로 붙여보려고 하지만,
안타깝게도 그는 영영 부서진 채로 남는다.

그래서 나는 '서, 수한무' 대신 '험, 티덤티'를 주인공으로
삼은 라임을 만들었다.

서수한무	Humpty Dumpty
거북이와 두루미	sat on a wall eating peas
삼천갑자 동방삭	Put together with kintsugi
치치카포 사리사리센타	Feeling oh so can't nobody touch me
워리워리 세뿌리깡	Wonder wonder where to next
무두셸라와 구루미	Casting spells in cooler climes
허리케인에 담벼락	Hurrying down to mellow shrines
서생원에 고양이	Prancing round with several wines

벽에 앉은 험티 덤티, 완두콩을 먹어요
킨츠기로 도로 붙여져
이제 난 무적이라 느끼죠
그럼 이제 어디로 가볼까?
시원한 동네에서 마법 주문을 걸까
평화로운 절로 휘리릭 내려가 볼까
여러 가지 와인을 들고 놀러 다녀볼까

시작은 험티덤티였으나 끝은 해피 엔딩이더라.
왜 험티덤티가 일본의 도자기 수리 기술인 킨츠기로

부활한 건지, 어째서 마법을 부리고 와인을 즐기게 된 건지는 내 무의식만이 알고 있다. 중요한 건 내가 드디어! 음절과 멜로디에 맞춰 부를 수 있는 가사를 썼단 것이다. 이 작업을 시작할 때만 해도 그토록 두려워했던, 가사 번역다운 가사 번역 말이다. '번역이랑' 행사를 앞두고 랑 님네에 미팅하러 가서 식탁을 두드려가며 이 노래를 불러보자 랑 님은 와하하 웃으며 좋아하셨다. 번역가로서는 뿌듯했지만 당시 나는 트랜지션 때문에 변성기가 온 지 얼마 안 되어서 노래를 부르는 게 극도로 부끄러웠는데, 이걸 행사에서도 할 생각을 하니 험티덤티를 그냥 계란 부스러기로 남겨둘 걸 싶어졌다. 어쨌든 행사에서도 험티덤티 노래를 부르긴 했으나 솔직히 어떻게 그걸 했는지는 기억나지 않는다.

OPTION 2:

HUMPTY DUMPTY	13
SAT ON A WALL EATING PEAS	43
PUT TOGETHER WITH KINTSUGI	43
FEELING OH SO CAN'T NOBODY TOUCH ME	46
WONDER WONDER WHERE TO NEXT	44
CASTING SPELLS IN COOLER CLIMES	53
HURRYING DOWN TO MELLOW SHRINES	53
PRANCING ROUND LOTS OF WINE	43

4. Outro

랑 님이 노래를 만든 배경에 대해 해주신 이야기 중 요즘도
종종 떠올리는 것은 〈웃어, 유머에〉라는 곡에 대한 것이다.
이 노래의 가사는 단순하다.

하하하하하하하하하하하하
히히히히히히히히히히히히
호호호호호호호호호호호호
헤헤헤헤헤헤헤헤헤헤헤헤
웃어, 유머에
웃어, 유머에

딱히 번역이 필요한가 싶을 정도인 이 노래를, 랑 님은
사람마다 웃음소리가 다르고 웃음이 터지는 상황이 다른
걸 생각하며 만들었다고 하셨다. "원래는 이 곡에 가사가
정말 많았는데 다 지우고 웃음만 남겼어요. 《신의 놀이》는
질문으로 시작하는 앨범이니 대답이 있어야 한다고
생각했거든요. 같은 영화를 보더라도 다른 사람들은 안
웃는데 나만 웃을 때가 있잖아요. 일단 살아 있으니까,
웃고 싶은 순간에 웃는 게 존재를 드러내는 방식 같은
거예요. 당신이 생각한 유머에 당신이 웃으면 돼요."
남들은 안 웃는데 혼자 웃는 것, 아니면 남들은 다 웃는데
나는 안 웃는 것. 그건 용기가 필요한 일이기 이전에 '나'를

'나'로 존재하게 하는 일이라는 이야기였다.

"웃음소리는 사람을 드러내는 직관적인 표현이에요. 만약
저랑 호영 님이랑 훈 님이 같이 놀다가 호영 님을 만날 수
없게 되면, 저나 훈 님은 영화를 보거나 음악을 듣거나
길을 걷다가 '호영이 여기서 웃었어야 하는데, 이렇게
웃었을 텐데' 하고 생각할 거예요." 이 이야기를 들으며
나는 암으로 투병하다 2020년에 돌아가신 랑 님의 친구,
잡지 《뒤로DUIRO》의 발행인이자 책 《목사 아들 게이》의
작가였던 이도진 디자이너를 떠올렸다. 그리고 내가
이제는 만날 수 없게 된, 좋아한다거나 미워한다는 말도
충분히 하지 못하고 떠나보낸 사람들을 떠올렸다.

랑 님의 이야기를 듣지 못했다면 나는 이 노래의 제목을
'원문에 충실하게' 이렇게 번역했을 것이다.

Laugh, at Humor

그렇지만 우리가 만나서 했던
이야기 때문에, 이 노래는
마음이 이끄는 대로 번역되었다.

Laugh, as You Like

Laugh, as You Like

 Hoyoung Moon
Sep 18, 2022   ⋮

직역은 Laugh, at humor 인데요
저번에 랑님이 해주신 얘기를 바탕으로 의역
해봤어요.
'(당신이) 좋을 대로 웃어라' 는 뜻의 표현이
에요

 lang lee
Sep 19, 2022

너무 좋아요

동성애는 '용인'되고
트랜스젠더는 존재 자체가 부정당하는 이유

1. 얼마 전 이반지하 님과 함께했던 《페이지보이》
북토크에서 제대로 답변하지 못했던 질문에 지금이라도
다시 응답하고 싶다. '동성애자는 '용인'되지만
트랜스젠더는 왜 존재 자체가 부정당할까?'라는 질문.
엘리엇 페이지는 레즈비언으로 커밍아웃했을 때보다
트랜스남성으로 커밍아웃한
이후로 더 많은 불신을 접하고
있다고 썼다.[18]

2. 사실 동성애자와
트랜스젠더가 구분된 것은
상당히 최근의 일이다.
영미권에서 동성애 해방운동의
시발점으로 일컬어지는 스톤월
항쟁이 일어났던 1960년대
미국에서는 풀타임 복장

[18] "트랜스이자 공개적으로 그 사실을 밝힌 사람으로서 나는 늘 사람들에게 나를 믿어달라고 애원하는 것 같은 기분이 드는데, 아마 대부분의 트랜스라면 공감할 것 같다. […] 2014년 커밍아웃했을 때는 대부분이 나를 믿었고 증거를 요구하지 않았다. 그러나 그 당시에 내게 쏟아진 혐오와 백래시는 지금 당하는 것에 비하면 아무것도 아니다. […] 내 몸에 쏟아지는 징그러운 관심, 나를 어린아이 취급하고자 하는 충동에 진력이 난다." 엘리엇 페이지, 《페이지보이》, 송섬별 옮김(반비, 2023년), 383~384쪽.

도착자인 '스트리트 퀸', 퍼포먼스를 할 때만 여성복을 입는
'드래그 퀸', 에스트로겐을 투여하는 '호르몬 퀸', 그리고
다양한 용모의 게이 남성 모두를 '동성애자homosexual'로
여겼다.[19] 오늘날에도 동성애자라고 다 용인되는 것은
아니다. 주로 티가 덜/안 나는 동성애자, 또는 자본에
부가가치를 제공하는 동성애자가 그나마 용인되는 정도다.

3. 그리고 지금도 동성애자와 트랜스젠더의 구분이
그렇게 뚜렷한가? 누구에게? 여자 화장실에 남자로
보이는 사람이 들어왔다고 경찰에 신고가 됐다 치자.
이때 신고자에게 이 '남자 같은 사람'이 부치인지,
트랜스남성인지, 트랜스여성인지, 논바이너리인지가
중요할까? 물론 경찰이 오고, 민증을 까고, 심지어
신체검사를 하는 등의 과정에서 개개인이 겪는 일은 매우
다를 수 있다. 그러나 딱 잘라 말해, 이런 상황에서 부치는
금방 집에 갈 수 있을 테고 트랜스여성이라면 더 난감할
거라고 말할 수 있는지는 모르겠다. 같은 트랜스라고
해도 성별 정정 여부나 목소리, 또는 정의하기 어려운
'매력'이랄지, 패싱에, 그리고 권력자를 달래는 데 동원하는
전략에 따라 상황은 여러 방식으로 전개될 수 있다.

4. 그럼에도 오늘날 성적
지향sexuality 차원에서 가시화된

19 Kadji Amin, 〈We Are All
Nonbinary〉, *Representations* Vol.
158 (2022): 107.

소수자들[20]과, 젠더 정체성gender identity 차원에서 소수자인
이들이 겪는 차별이 다른 이유는 (서구의 시각에서
문명화된) 현대 사회에서 섹슈얼리티가 사적 영역으로
구분되기 때문이다. 내 친구가, 가족이 동성애자라고 해도,
사실 그가 누굴 사귀지만 않으면, 또는 그의 성적 '취향'이
나에게 보이지만 않으면 나는 그의 정체성을 모른 척할 수
있다. 어차피 그건 사적인 얘기니 나와 관련이 없고, '취향
존중' 하고 넘어갈 수도 있는 일이다.

5. 그런데 내 가족이, 친구가, 또는 잘 알지도 못하는
연예인이 "나는 트랜스젠더예요"라고 밝히는 순간, 이
사람과 관계를 유지하려면 그에 대한 인식을, 그를
대해온 방식을 갈아엎어야 한다는 걸 알게 된다. 많은
트랜스젠더들은 커밍아웃을 하면서 이름을 바꾸기도 하고,
영미권에서는 대명사를 바꾸기도 한다. 이름을 바꾸지
않아도 우리나라처럼 성별과 나이를 기준으로 호칭이
정해지는 문화에서는 바뀌어야 하는 역할 호칭이 한두
개가 아니다.

6. 그러니 트랜스젠더의
커밍아웃을 들은 이는, 내가
그간 이 사람을 연애라는
특정 영역에서뿐만 아니라

20 게이나 레즈비언에 비해
양성애자나 무성애자는
상대적으로 덜 가시화되어 있다.
퀴어 공동체 내에서조차 이들은
'정치적으로 쓸모가 없다'는
비난을 받거나 '유행과 어린 나이
때문에 취하게 되는 과도기적
정체성'으로 치부되기도 한다.

모든 사회적 교류의 영역에서 잘못 알고 있었다는 말을
들은 것이다. 젠더 인식과 표현은 오늘날 한국 사회에서
일상 속의 거의 모든 사회적 교류의 바탕에 스며들어
있기 때문이다. 북토크 당시 이반지하 님이 '트랜스로
커밍아웃하면 사람들은 그걸 자기 자신에 대한 위협으로
느낀다'와 비슷한 말을 하셨던 거 같은데, 바로 이
때문이라고 생각한다.

7. 트랜스젠더학계의 석학 수잔 스트라이커가 요약한바,
"대부분의 사람은 다른 사람의 젠더를 인식하지 못하면
그 사람의 인간성을 인식하는 데 커다란 어려움을
겪기 때문에 젠더를 바꾼 사람은 다른 사람에게
괴물스러움이나 인간성 상실이 주는 원초적 공포를
불러일으킬 수 있다. 그런 본능적 공포는 증오, 격노,
극심한 공포나 역겨움으로 나타나고, 그런 감정은
'인간은-아닌-것'으로 인식되는 사람을 향한 물리적이거나
감정적 폭력으로 옮아간다."[21]

8. 내가 북토크에서 한 답변: 동성애는 더 이상 의료계에서
질병으로 간주되지 않지만 여전히 트랜스젠더는
정신과에서 '성주체성장애'라는
진단을 받고, 그 진단을
통해서만 합법적으로 의료적

[21] 수잔 스트라이커,
《트랜스젠더의 역사》, 제이, 루인
옮김(이매진, 2016년), 25쪽.

트랜지션에 접근할 수 있다.[22] 의료인들이 더 이상 동성애를 정신병이라 진단하지 않는 것은 오랜 투쟁 끝에 얻은 결실이다. 낙인에서 어느 정도 벗어난 것이다.

9. 물론 트랜스젠더 또한 같은 길을 가야 한다는 게 주류 인권운동의 입장이다. 트랜스남성 당사자인 연구자 겸 시인 캐머런 어쿼드리치는 《끔찍한 우리The Terrible We》라는 책에서 트랜스젠더학과 인권운동이 트랜스젠더 당사자를 자기 자신의 삶에 대한 권위 있는 발화자로 위치시키기 위해 배제해 온, 미쳐 있고 우울하며 여러 의미에서 사회에 '적응하지 못한' 이들을 다시 논의의 장으로 불러온다. 그는 트랜스젠더 당사자와 지지자가 모인 한 토론장에서 다양한 이해 당사자로부터 즉각적인 동의를 불러일으킨 발언을 언급한다. 그가 참여한 모임은 세계 각국의 정신과 전문의가 활용하는 미국의 《정신질환 진단 및 통계 편람》 개정 과정에서 성주체성장애의 정의를 수정하는 것이 좋을지를 논의하는 장이었다.

여러 의견이 오가던 가운데 한 백인 여성은 자리에서 일어나 자신을 '사회에 잘 적응한' 트랜스젠더 청소년의 어머니라 소개한다. 그는 눈물을 글썽이며 "제 아들은

22 반대로, 의료적 진단을 받지 않거나 의료적 트랜지션을 택하지 않는 트랜스젠더는 당사자 사이에서도 트랜스젠더가 아니라는 취급을 받기도 한다. 이렇게 트랜스젠더의 정의를 의료인의 진단과 의료적 조치 활용 여부에 두는 차별적인 사고방식을 '트랜스메디컬리즘transmedicalism'이라 부른다.

미친 게 아니에요!"라고 호소한다. 그리고 그 자리에 모인, 다양한 입장을 대변하며 논쟁하던 이해 당사자들은 모두 이 여성의 아들이 '미치지 않았다'는 점에 동의하며 그를 위로한다.[23]

10. '트랜스젠더는 정신병자가 아니다, 또한 장애와는 구분되어야 한다'는 주장은 장애를 부정적인 차이로 인식하는 비장애 중심적 입장을 내재하고 있다.[24]

그렇지만 트랜스젠더가 여전히 정신병자로 분류된다는 사실은, 트랜스젠더성이 장애처럼 사회와의 관계 전반에 영향을 미치는, 삶의 특정 영역으로 국한할 수 없는 '괴상함queer'이라는 걸 말해준다고 생각한다('트랜스젠더성'이라고 쓴 이유는 꼭 트랜스로 정체화하지 않은 사람도 젠더 이분법에 순응하지 않는다면 트랜스젠더적 경험을 할 수 있기 때문이다).

23 Cameron Awkward-Rich, 《The Terrible We》(Duke University Press, 2022), 2쪽.
24 백인, 장애인, 그리고 젠더퀴어인 작가 겸 활동가 일라이 클레어는 자신이 장애 인권운동을 통해 얻은 교훈을 트랜스젠더 정치에도 적용해 보자고 제안한다. 그중 한 가지는 트랜스젠더의 몸을 "좋지도 나쁘지도 않은 […] 그러나 [우리에게] 너무나도 익숙한familiar 신체적 차이로" 이해하자는 것이다. 이는 장애, 그리고 트랜스젠더성을 "의사가 치유, 또는 적어도 치료할 수 있는 개인적이며 의료적인 문제가 아니라" 정치적이고 창의적인 활동의 발원지로 다루자는 제안이다. Eli Clare, 〈Body Shame, Body Pride: Lessons from the Disability Rights Movement〉, *The Transgender Studies Reader 2*, (2013): 261~265.

11. 또한 어쿼드리치는 병리학 차원에서 '트랜스젠더'와 '장애'라는 범주가 둘 다 관계에서 발생하는 문제를 개인에 위치시켜 만들어진 것임에 주목한다. 그러니까 사실 장애인 또는 트랜스젠더의 몸-마음에 문제가 있는 게 아니라, '정상이다' 또는 '건강하다'라는 규격을 벗어나는 몸-마음[25]과 어떻게 관계 맺을지 모르는 사람 또는 체제와 개인 사이에 문제가 발생하는 것이다. 예를 들어, 전환 치료를 옹호하는 대표적인 심리학자 조지 레커스George Rekers는 그의 글에서 '크레이그'라는 가명으로 등장하는 다섯 살 아이의 "완고하게 여성적인" 신체적 특징, 억양 등을 교정한 이유는 크레이그가 이대로라면 "사회적으로 고립되고 조롱받"을 것이기 때문이라고 밝혔다.[26] 다시 말해 레커스는 크레이그가 자기 자신으로 존재하는 것에 대해 타인이 부정적으로 반응해 고통받는다는 것을 인정하면서도 크레이그에게 "깊숙이 뿌리박힌, 만성적인 부적응자의 행동 방식"을 바꾸려 들었다.[27] 어쿼드리치에 따르면, "관계성relation이 하나의 질환condition으로 이해되기 시작한

25 일라이 클레어는 '몸-마음body-mind' 개념을 통해 몸과 마음을 깔끔하게 구분 짓는 백인 서구문화의 이분법적 사고방식에 저항한다. 일라이 클레어, 《눈부시게 불완전한》, 하은빈 옮김(동아시아, 2023년), 11쪽.

26 Cameron Awkward-Rich, 《The Terrible We》, 7쪽.

27 Rekers, George A., and O. Ivar Lovaas, 〈Behavioral Treatment of Deviant Sex-Role Behaviors in a Male Child〉. Journal of Applied Behavior Analysis 7, no. 2 (1974): 174; Cameron Awkward-Rich, 《The Terrible We》, 7쪽에서 재인용.

것이다".[28] 장애인의 경험에서도 이와 같은 예를
무수히 찾을 수 있을 것이다. 2023년 큰 주목을 받은
전국장애인차별철폐연대(전장연)의 '출근길 지하철
탑니다' 시위는 오늘날 대한민국의 대중교통에 특정한
꼴을 갖춘 몸-마음만 접근할 수 있음을 드러냈다. 문제는
휠체어 사용자인 장애인에게 있는 것이 아니라 휠체어
사용자가 안전하게 스스로의 힘으로 대중교통을 탑승할 수
없게 만드는 지하철의 구조와 이를 개선하지 않는 정부에
있다. 그러나 정부는 전장연의 시위를 제지하는 경찰과
'전장연의 시위 때문에 지하철 운행이 지연되고 있다'는
안내 방송을 통해 이동권을 위해 투쟁하는 장애인을
문제로 지목하고 있다.

12. 애초에 트랜스젠더와 장애(인)라는 범주는 역사적으로
함께 뭉뚱그려져 왔다. 《끔찍한 우리》에서 어쿼드리치는
19세기 중반 미국 22개 도시에서 시행된 복장 도착
금지법이 눈에 띄는 신체장애를 가진 이가 공공장소에서
활동하는 것을 금지한 소위 '어글리 로ugly law'와 법전
내에서 근접한 곳에 실려 있었으며, 유사한 언어로
구성되었다는 점에 주목한다.[29] 예를 들어 시카고에서
1851년 제정된 복장 도착
금지 조항은 개인이 "자신의
성별에 해당하는 복장이 아닌

28 Cameron Awkward-Rich,
《The Terrible We》, 7쪽.
29 Cameron Awkward-Rich,
《The Terrible We》, 35쪽.

차림새로 공공장소에 출현하는" 것을 법적으로 금지했고,
1881년 마찬가지로 시카고에서 시행된 어글리 로는
"질병에 걸리거나, 신체가 훼손되거나, 어떤 방식으로든
기형인, 그래서 보기에 흉해 역겨운 물체가 되는
이는 […] 그 자신을 공적 시야에 노출시키지 않아야
한다"고 명시했다.[30] 이로써 소위 "문제적인 신체"를
가진 이들은 "엄밀한 의미에서 사적인 공간도 아니지만
온전히 공적공간도 아닌 장소, 예를 들어 프릭쇼freak show,
정신병동, 그리고 법정에서 함께 존재"했고, '일반' 대중은
이들을 반면교사 삼으며 '정상'이란 무엇인지 학습할 수
있었다.[31]

13. 또한, 트랜스가 장애를 부정하며 그로부터 멀어지는
것을 통해 자신의 발언이 신뢰할 만한 것이라 주장할수록,
트랜스는 오히려 병원과 법정의 논리를 재생산하게
된다.[32] 트랜스젠더는 미친 게 아니고 미친 사람은
트랜스젠더를 대표해 말할 수 없다면, 결국 우리는
반복적으로 의사와 재판관에게 우리가 '제정신'임을
증명해야 하고 '전문가'의 승인을 받은 목소리만이 들어볼
가치라도 있는 입장으로 여겨질
것이다.

14. 그러므로, 《끔찍한 우리》의

30 Cameron Awkward-Rich,
《The Terrible We》, 35쪽.
31 Cameron Awkward-Rich,
《The Terrible We》, 36쪽.
32 Cameron Awkward-Rich,
《The Terrible We》, 13쪽.

주장을 따라가다 보면 이런 태도를 갖게 된다. "네, 저는 트랜스젠더고, 정신병자예요. 그래서요?" 살다 보면 이런 말을 하고 싶어지는 것이다. "아니, 이런 세상에 살면서 장애가 없으시다니요. 어쩌다 그렇게 되셨어요?"

트 랜 스 섹 슈 얼
계 보

나에게 '저는 트랜스젠더입니다'라는 말은 '저는 몸과
불화하는 사람입니다' 또는 '저는 성별 이분법을 때려
부수고 싶은 사람입니다'라는 의미만은 아니다. 내가
나를 트랜스젠더로 부르는 것은 자신의 삶과 신체를
창조의 대상으로 삼은 조물주들, 규범이라는 투명한
레이저 센서가 가득한 사무실을 떠들썩한 놀이터로
만드는 익살꾼들, 자신의 몸-마음을 불변의 자연이나
주어진 한계로 바라보지 않고 자신이 무엇인지, 무엇이
될 수 있을지에 놀라워하고 상상하기를 멈추지 않는
위대한 실천가들의 계보에 나를 기입하겠다는 뜻이다.
'트랜스젠더'란 지정성별이라는 말을 쓰거나 호르몬을
맞거나 수술을 하거나 T4T 연애를 하거나 말거나 하는
데서 나오는 '정체성'이 아니라 매일매일 내가 나 자신에게
어떻게 머리채 잡혀 끌려다닐지에 대한 입장. 길바닥에
찧은 발뒤꿈치가 피투성이가 되고 옷에는 불이 붙어
점점 고기 익는 냄새와 연기가 나고 눈물이 말랐어도

얼굴에서는 피와 침을 질질 흘리며 웃는 나.

그런 나를 데리고 파티에 가거나 뒤축이 찢어진 양말을 꿰매거나 방바닥에 누워 있을 때도, 내가 아는 다른 트랜스젠더들은 인터넷에서 자위 영상을 판매하거나 기분 전환할 겸 약을 하다 과다 복용으로 죽거나 클럽 화장실에서 키스하다 바지에 손을 넣은 상대방의 표정이 굳는 걸 지켜보거나 자기가 원하는 얼굴이 나오는 단 하나의 각도에서 489번째 셀카를 찍거나 얼굴 실핏줄이 다 터질 때까지 돔에게 맞거나 자신이 이 세상에 존재할 이유가 없음을 확신하며, 그 모든 다정한 문자와 편지와 선물과 간절히 바라던 업무 의뢰와 반박의 여지 없는 인권운동 구호와 혈육의 염려, 심지어는 사랑과 발전한 의학과 점차 나아지고 있는 사회적 분위기에도 불구하고 그 확신이 굳건함에 짜릿해하며 이번에야말로 절대 실패하지 않을 자살 시도를 하고 있을 거란 걸 안다.

그들과 나는 같은 계보에 있다.

그에 감사하며, 나 또한 우리의 얼굴에 침을 뱉는다. 그 얼굴을 두 손으로 감싸고 입안에 혀를 밀어 넣는다. 그 입은 너무 작고, 내 혀는 너무 크고, 우리의 침은 시다. 윗입술이 얇아 자꾸 앞니가 부딪친다. 아랫입술은 너무 두툼해 턱에 거머리가 붙은 기분이다. 끝없이 빨려 들어가는 키스, 그 늪으로부터 입을 가까스로 뽑아 다시 얼굴을 바라본다. 아직 어울리는 모양을 찾지 못한 눈썹에 입을 맞춘다. 지나치게 커다란 코에도, 여드름투성이 볼에도. 자라다 만 수염을 쓸어본다. 당장 머리칼을 한 움큼 손에 쥐고 콘크리트 바닥에 머리통을 내리꽂아 피가 울컥 솟는 걸 보고 싶다. 멍청히 처박혀 있는 얼굴을 보고 싶다. 그렇지만 그런 놀이는 인당 한 번밖에 못 하니까 마룻바닥에 우리를 밀치고 부츠 신은 발로 배부터 까기 시작한다.

재미가 있는 동안은 이걸 계속할 계획이다.

클 럽 에 서

1.

래퍼 T.I.가 리한나를 babygirl이라고 소개하고 션 킹스턴이
아름다운 여자들 때문에 죽고 싶다고 노래하던 해에
춤추는 법을 배웠다 / 고등학교 졸업을 앞두고 처음이자
마지막으로 간 교내 파티에서 연인들은 나무 수저에서
꿀이 떨어지는 속도로 허리를 비틀었다 / 그때 사귀던
아이가 내 뒤에 서서 몸을 밀착해 왔을 때 나는 내가
'여자 역할'이란 걸 알았고 / 옆에서 내 남자 친구의 남자
친구가 그렇고 그런 사이인 줄 몰랐던 여자애의 등허리에
매미처럼 붙어 있는 걸 — 그리고 내 남자 친구와 그
남자애가 서로 눈길을 주고받는 걸 목격하고 말았다
/ 가진 옷 중 가장 멋진 것에 팔다리를 끼워 넣은 10대
청소년들이 어설프게 그라인딩하고 있는 이 반질반질한
마룻바닥으로 즉시 폭탄이 떨어지길 염원했다

2.

그랬던 사람이 언제부터 클럽에 혼자서도 가는 사람이
되었는지… 작년 달력을 보니 달마다 최소 두 번씩 홍대,
이태원, 을지로의 밤거리를 쏘다녔고 연초와 연말을
클럽에서 보냈고 좋아하는 DJ가 오는 날엔 평일에도
클럽으로 출석했다

3.

밑창 떨어진 부츠에 본드 굳혀 살살 끌고 나간다 / 버스가
쥐어짜는 소린지 이어폰 안의 법석인지 모를 쇠고랑 소리 /
클럽 가서 2만 보 밟아도 버틸까 부츠 / ○○동 지하실에서
맨정신으로 스물몇 살짜리와 키스하고 뒤에서 감겨 오는
팔에 몸을 맡길 시간

4.

클럽에서 평소 선호하는 스폿: DJ 부스 바로 앞
— 사유: 앞에 아무도 없어서 춤출 영역 사수하기가
용이함 적어도 앞에 있는 사람이 취해서 내 구역 침범하는
바람에 빡칠 일은 없다
최근에 새로 발굴한 스폿: 폴(wtf)
— 사유: 플로어가 잘 보이고 춤출 영역이 절대적으로
확보됨 그리고 폴 잡으면 웬만해선 아무도 안 건드림

5.

지난주 금요일에는 트젠 파티에 갔고 그다음 날엔 레즈
클럽에 갔다
그리고 그로부터 일주일
지금 이 클럽에 있는 사람들이 전부 퀴어가 아니라는 게??
말이 되는 일인지??
왜??? '그렇게 태어나서?' 저런…

6.

화장실에 갈 때마다 예상한 것보다 불콰한 얼굴에 깜짝
놀란다 게다가 나 정말 아버지와 남동생이랑 닮았구나

7.

DJ가 평타도 못 치는 가오잡이맨이라는 게 짜증 난다 왜
어떤 사람들은 멜로디에 알레르기라도 있는 것처럼 음악을
틀까?

8.

따뜻한 말들이 난무하는 자리에서 눈을 감고 생각했다
고막을 강타하는 비트로 생각을 지우고 싶다 모르는 몸들
사이에 섞여 내 몸을 잊고 싶다 살얼음 녹는 속눈썹을
날개처럼 접고 흔들리고 싶다
미디어 이론가 겸 비평가 매켄지 워크McKenzie Wark는

《레이빙Raving》에서 '댄스 플로어 위에서는 그곳이 필요해서
온 사람들이 누군지 알아볼 수 있다'고 말했다 서로에게
목을 축일 물과 담배를 쥐여주고 머리칼에 맺힌 땀을
게걸스럽게 눈으로 핥는 이들과 눈길을 교환한다
지난주에 간 레이브에서는 멀찍이서 짝사랑을 보았다
나는 자주 짝사랑을 즐기고 그의 엉킨 머리를 보면서
바닥에 철퍼덕 앉기 직전의, 숨을 몰아쉬며 입술을 내밀고
바닥을 향해 담뱃재를 터는 그 손에 입을 맞추고 싶었다
그렇지만 눈을 감고 춤을 출 뿐이었다 낱낱이 드러난 팔에
곤두선 털—몸에서 증기가 피어오르는 날씨에 맨살을
드러낸 아양

9.
사람들 앞에서 몇 마디 말을 하는 것도 힘든데 무대라는
집행장에 몸뚱이를 통째로 올리고 음악이라는 구획 안에서
'멋있게', 심지어는 '섹시하게' 움직여야 한다고 생각하면
죽고 싶었습니다, 네
그렇게 생각하면 집 밖에 나갈 일 없죠
그보단
몸이 내 것이 아니고 내 것일 필요가 없단 걸 기억하게
하는 시공간
몸이 어떻게 움직이고 싶은지 알려줄 때까지 기다립니다
이 공간이 몸을 어떻게 불러오는지 또는 몸이 공간을

어떻게 부유할 수 있는지
물론 이렇게 움직이는 방법 수백수천 가지 제스처를
당신은 평생 관찰하고 부정해 왔습니다
그러나 지금은 나풀거리고 발을 구르고 때려 부수게
두세요
주체라는, 주체할 수 있다는 환상
내 몸은 완전히 내 것이 아니고 그건 남들도 마찬가지고
이건 좋든 나쁘든 그러하다는 점
목적에 눈을 감는 시간
그녀는 그물에 걸린 이슬을 핥아낸 후 여러 포즈를 취해
달아났다

10.
마지막까지 남아 있던 사람들과 국밥집까지 허청거리며
걸었다 / 다 먹은 다음엔 모두를 보자기에 싸서 집에
보내주고 싶다고 말했다 / 오늘 아침 트위터에서 티슈에
싸여 이동되는 햄스터 영상을 봤다 / 그걸 모두에게
보내주고 싶었다

내가 젠더 좀 바꿨다고
더 나은 사람이 됐을 거 같아?

누나가 눈을 흘긴다 〈내가 제일 잘 나가〉를 혼자 간주
점프도 하지 않고 부르면서 / 지는 이문세나 자우림
부른다고 유세 떠네, 오빠는 코웃음을 치며 먹태를 뜯고
/ 후렴구에 올라탄 탬버린을 빗맞은 캔맥주가 테이블을
넓게 쓸어준다 / 일동 기립 / 언니는 마이크를 잡아먹느라
바쁘다 / 그렇다고 자기 노래만 세 곡 연속 우선 예약하는
게 말이 돼? 내가 노래방에 왔지 니 디너쇼 보러 왔냐?
/ 단단히 빈정이 상해 나가버린 악의를 붙잡으러
뛰쳐나가니 교복 입은 애들 대여섯이 복도에 설치된
포토존 앞에서 입술을 비죽이며 깔깔대고 있다 / 헐 언니
언니 우리 좀 찍어주세요 / 자 하나 둘 셋 / 가위 사이로
혀를 빼꼼 내미는 요물들 / 근데 너네 머리 치렁치렁하고
눈썹에 피어싱하고 가죽 재킷 입은 애 못 봤니 / 아 그
까리한 언니요? 밖에 나가던데 / 눈 시리게 칸마다 네온
칸 계단을 두 칸씩 뛰어 도로로 향하는 유리문을 연다 /
그럼 그렇지 / 악의가 멀리 안 가고 연기를 두르고 있다 /

215

까득 까드득 / 사탕 씹으면서 담배 피우면 씹히면서 녹는
거랑 안 씹히고 흩어지는 걸 같이 해서 좋다나 / 아재요
뭐 하러 여까지 나왔능교 / 니 델러 왔다 아이가 어여 드
가자 / 이제 엄정화 부르고 있을 기라 내 뭐 하러 거 궁디
붙이고 있는데 / 그래도 오늘 1주년 아이가 누나 새출발
/ 하이고 마 지겹다 내는 인자 1주년도 몇 번째고? 쟈는
기냥 한 번이라도 더 스포트라이트받겠다고 바꾸는 기다
/ 마 우짜겠노 퀸으로 태어났어도 젠더 그게 머 한 번에
맞아떨어지나 니도 여즈껏 다섯 번은 엎었다 아이가 / 니
또라이가? 저 아지매랑 내가 어데가 비슷하노 / 니 저번
젠더 1주년 때 버스 정류장 온돌 의자가 뜨시담서 맨발로
그 위에서 섹씨 땐쓰 췄다 아이가 / 머라 카노 섹씨 땐쓰?
춤 볼 줄 모르네 누가 무식한 아재 아니라꼬 내 그래
싸서 그게 저번 젠더인기라 / 그래가 머? 지금은 포스트
락 들으면서 온더락 홀짝이는 언니 다 됐다 이거가? /
지는 기타 메고 아나킨지 산낙진지 한다고 뽕 찬 적 없는
아 맹키로 말하네 / 아나키 그만둔 적 없는데? 그거나
비건이나 쭉 지향해야 하는 기라 글고 내 흑역사는 여서 와
끌고 오는데 / 언제는 바꿀 자유가 있어야 후회도 한다[33]
안 했나? / 그래 내가 산증인이다 마 알고말고 / 재미없네
아저씨 놀리는 맛이 있어야 니도 누가 까자 뿌시래기라도
던져 준다 / 내 같은 사람도 있어야 니나 누나가 빛을
본다 아이가 / 또 또 지는 욕심 없는 척, 됐다 사탕 물래?

/ 치아라 내 혈당 관리한다 아이가 / 요즘 세상에 당뇨
치료제가 아직도 개발 안 됐다는 게 이상타 / 마 그래가
케키 한 번 먹을 때 더 맛있는 거 아니겠나 인제 담배 다
태웠제 / 내 오줌만 싸고 드갈께 / 니 또 화장실 간다 카고
거서 폰 보고 있으면 쳐들어간다 알제 / 맘대로 해봐라
내는 신고할 끼다이 으악! 여기 여자 화장실에 남자
들어왔어요!!! / 또 또 구식 개그 / 옛말 중에 틀린 게 한
개도 없다 namnyochilse budongsuck / 최소 일곱 살부터는
젠더 부랑을 시작해야 된다구요? 네 잘 알고 있지요
슨생님 / 악의가 머리칼을 높게 올려 묶은 후 바람이
들도록 가볍게 흔든다 / 아무나 잡고 물어봐 누가 제일 잘
날아?

33 Andrea Long Chu, "Freedom of Sex", *New York Magazine*, March 11, 2024, https://nymag.com/intelligencer/article/trans-rights-biological-sex-gender-judith-butler.html "자유 없이는 후회도 없다. 후회는 과거에 투사된 자유이다. 그러므로 어떤 선택의 결과를 후회하는 것과 선택할 자유가 있었음을 후회하는 것은 아주 다르고, 대부분의 사람들은 후자를 무엇과도 바꾸려 하지 않을 것이다."

love

language

구생이는 나보다 자주 수컷으로 패싱되곤 한다. 어쩌면
그건 이름 덕분이다. 아홉 구九에 살다 생生. 오래 살라고,
구생이를 거리에서 구조한 친구가 지어줬다. 다소
고지식하고 예스러운 이름인데, Q라는 별명으로 부를
때도 있다. 이름 외에도, 구생이가 의심보다 호기심이
강한 고양이라는 점 또한 수컷으로 인식되는 데 한몫을
할 테다. 우리 집에 들어서는 사람이라면 누구든 수 초
내에 구생이가 현관으로 미끄러져 오는 모습을 보게 된다.
짐을 내려놓을 새도 없이 스르르 다가가 겉옷 밑단을
킁킁거리는 Q. 열린 가방 안으로 머리통을 집어넣는
Q. 구생이가 하고 싶은 일이라면 그저 하게 놔둘 수밖에
없다. 운이 좋다면, 그리고 적절한 경외감을 표한다면,
구생이가 당신의 머리통에 코를 대고 냄새를 맡아줄지도
모른다. 축복의 코-도장, 또는 기사 임명식이랄까.
트랜스페미니스트 학자이자 활동가인 줄리아 세라노Julia
Serano가 《벌받는 소녀Whipping Girl》에서 말하길, 남성은

행동에 따라 남성성을 부여받는 반면, 여성은 자신을
어떻게 꾸미느냐에 따라 여성스럽다는 평가를 받는다.
Q는 자기가 어떤 젠더로 비춰지는지에 한 톨의 관심도
없겠지만, 나 또한 그를 젠더라는 색안경을 쓰고
바라본다는 건 부인할 수 없다. 개인적인 판단으로,
구생이는 하드 펨hard femme과 칠칠치 못한 다이크sloppy
dyke 사이를 오가면서 she와 they 대명사를 둘 다 쓸 법한
생명체다. 나와의 관계에서는 확실히 파워 바텀power
bottom인데, 그 말인즉슨 나는 Q에게 서비스 탑service top인
것이다. 보통 바텀은 수동적이라고 생각하기 쉽지만, 파워
바텀은 탑에게서 자신이 원하는 걸 요구하고 가져간다.
이때 바텀이 요구하는 걸 성실히 수행하고 그로써
만족감을 느끼는 게 서비스 탑이라고 할 수 있지 않을까.

"그냥 너는 걔한테 정서적 안정감을 주는 쿠션이란 걸
받아들여." 내가 집을 비운 사이 구생이를 돌봐주고
있는 친구 D에게 한 말이다. D가 나에게 보낸 여러
질문들—'구생이는 왜 이렇게 요구 사항이 많냐'로 요약할
수 있는—에 답하며 한 말이다. 예를 들어, '왜 구생이는
굳이 사타구니에 꾹꾹이를 하는가?' '똥구멍을 사람
얼굴에 들이미는 이유는?' '그릉그릉하다가 갑자기 손을
물고 발길질을 하는 건 왜인지?' 이 모든 질문에 대한
답은, '그러고 싶으니까'. 구생이는 내가 아는 생명체 중

가장 탁월한 카우보이다. 사람들은 반려동물이 같이 사는 사람을 닮아간다고 하던데, 글쎄. 언젠가 구생이만큼 욕구를 또렷하게 표현할 수 있게 되기를 바랄 뿐이다.

때로 사람들은 구생이를 '엄마'의 귀여움을 잔뜩 받는, 버릇없는 '아기'로 읽어내기도 한다. 의존과 애정으로 구축된 관계를 묘사하기에 편리한 약칭이긴 하지만, 그 말을 들을 때마다 몸서리치게 된다. 굳이 친족 관계를 끌어올 거라면 차라리 형제자매라고 부르지. 멀리 떨어져 서로를 모르고 살다가, 신의 은혜로 재회한 사촌지간이라든가. 내가 구생이에게 주거 공간과 식량을 제공한다는 사실을 축소할 의도는 없지만, 구생이와 나는 서로를 선택했다고 느낀다. 나의 어머니가 나를 키우기로 '선택'했다고 말할 수 있는 정도쯤. 구생이가 나를 처음 만나 내 손바닥에 오줌을 싼 날, Q가 나의 머뭇거리는 손가락이 자신을 낳은 고양이의 혀를 대체하기에 충분하다고 받아들였던 그날부터 우리는 같이 살기로 '선택'했다. 이건 우리 사이의 신화다.

세상에는 치명적인 매혹도, 양육자와 피양육자 사이의 유대감도, 같이 살며 서로 의지하게 된 이들 간의 무덤덤한 사랑도 있다. 예를 들어, 구생이와 내가 사는 집에서 거의 매일 밤 벌어지는 의식은 이러하다. 일과를 마친 나는

저녁쯤 계단을 올라 우리 집에 도착한다. Q가 나를 부르는
소리가 들릴 때도 있다. 문을 열면 보이는 건 반쯤 감긴 눈,
흘러내리는 예각으로 이루어진 몸. 나는 재빨리 손을 씻고,
바닥에 앉아 구생이 쪽으로 팔을 뻗는다. Q는 무관심한
척하며 잠시 반대 방향으로 뛰어간다. 나는 바닥에 눕는다.
그러면 구생이가 내 머리 주위를 맴돌다 배 위에 동그랗게
몸을 말아 자리 잡을 수도 있지만, 그건 몸무게를 한껏
실은 네발로 나의 배와 갈비뼈를 꼭꼭 누르고 내 코끝에
자신의 콧물을 묻힌 다음이다. 그러고 나서 구생이는 내
얼굴에 엉덩이를 들이밀고 웃옷에 얼굴을 처박은 다음
찹찹 소리를 내기 시작한다. 발로 옷을 쥐었다 풀었다
하기에 발톱을 제때 자르지 않은 날에는 내 배에 발갛게
긁힌 자국이 남고, 얇은 티셔츠는 침으로 축축해진다.
귀가한 즉시 앉거나 누워서 몸을 내주지 않으면 구생이는
저녁을 먹는 내내 내 발목의 연한 살을 깨문다. 낚싯대처럼
생긴 장난감으로 관심을 돌려보기도 하지만, 그게 통하는
건 1~2분 정도일 뿐이다. 그래서 발을 구르며 제발 밥 좀
먹게 내버려두라고 소리를 지르기도 한다. 그렇지만 몸을
씻고 침대에 누우면 어김없이, 단번에 침대 위로 뛰어
올라오는 구생이. 그릉그릉 소리를 내고, 꾹꾹이를 하고,
나의 배를 덮은 천을 입에 넣고 오물거리는 일련의 행위가
구생이가 만족하고 내가 스르르 잠들 때까지 이어진다.
이렇게 구생이는 우리의 하루를 마무리한다.

양해될 리 없는 어떤 이유로 외박을 하고 집에 돌아오는
날이면, 구생이는 귀가한 죄인에게 가차 없이 소리를
지르고 평소보다도 많은 손길과 애정 표현을 요구한다.
'구생이는 세상에서 제일 귀여운 고양이야.' 그렇지만 자기
고양이에게 이렇게 말하지 않는 사람도 있을까?

(사실, 이 글을 쓰기 시작했을 때는 고양이랑 사는
사람으로서 하게 되는 플러팅에 대해 쓸 생각이었다.
구생이가 만난 지 얼마 안 된 사람과 노는 모습에 마음이
녹아내린 경험이라든가. 그렇지만 지금은 너무 마음이
아프고 연애에 관한 건 아무것도 쓸 수가 없다. 욕망하는
나 자신을 조금 미워하게 된다. 누군가와 함께 있는 방법을
배우는 것. 그를 그 자신으로 만드는 게 무엇인지 하나하나
알게 되는 것. 그 하나하나를 위한 새로운 언어를 함께
발명하는 것.)

이 글을 구생이가 잠자고 있을 침대에서 9000킬로미터
정도 떨어진 곳에서 쓰고 있다. 떠나오기 전에 구생이에게
며칠간 집에 없을 거라고, D가 올 거라고 이야기했다. D는
매일 나에게 사진과 영상을 보내준다. Q를 돌봐주는 건
처음인데도 얼마나 애교를 부리는지 신기하다는 문자와
함께 말이다. 실은, 그런 얘기를 구생이를 돌봐주러
오는 거의 모든 이들로부터 듣는다. 고양이치고는 너무

낯을 안 가리는 구생이. 구생이의 정서 안정용 쿠션이 꼭 나일 필요가 있을까. 솔직히 그냥 다른 인간 아무나 괜찮지 않을까. 물론 이런 생각은 불안에 짓눌린 서비스 탑의 뇌에서 출력되는 걱정이다. 솔직히 여기 온 이후로 잠을 잘 못 잔 것도 크다. 구생이가 침대 한가운데를 차지하지 않는 곳. 머리맡에 놔둔 컵에서 물을 마시지도 않고, 책장의 책을 하나씩 떨어뜨려 깨우지도 않는 곳. 우리에겐 우리만의 리듬이 있다. 아무도 허세 부리지 않는 시공간에서 서로를 관찰해 온 역사가 있다. 구생이는 내가 세상에서 제일 바쁜 사람처럼 난리굿을 칠 때 어떤지, 내일이 없는 것처럼 문드러질 때 어떤 모습인지 안다. 나는 구생이가 두려움에 휩싸였을 때 어떤 얼굴이 되는지 안다. 구생이가 처음으로 크게 아파 동물병원에 간 날, 구생이는 내 손가락에 구멍을 냈다. 그때는 잠시 내가 누군지 잊어버린 얼굴이었지만, 집에 오기 전에는 다시 몸을 만질 수 있게 해주었다. 우리는 각각 새로 생긴 구멍에 소독약을 들이붓고, 같은 색의 붕대를 감고 집에 왔다. 그날, 나로서는 도저히 이해할 수 없는 이유로, 구생이는 내 가슴팍에 코를 박고 잠들었다.

×

아침이 되면, 화장실 모래를 사락사락 뒤적이는 소리. 목

깊은 곳에서부터 길어 올리는 이야아-옹. 그럼에도 일어날
기미가 없자 침대 위로 날아오르는 몸. 등허리를 다져주는
다부진 발. 머리카락을 잘근잘근 씹는 이. 눈꼬리를 핥는
까슬한 혀.

얼른 집에 가서 말해주고 싶다. 구생이는 세상에서 제일
귀여운 고양이야. 어떤 말들은 입 밖에 낼 때마다 점점
진실이 된다.

파 도

나즈를 처음 만났을 때, 너는 관광객 신분으로는 처음
미국에 방문한 참이었다. 사실 그 시기에 미국에 가야
할 이유 같은 건 없었다. 대학에 다니면서 알게 된 쥰이
시카고에 당분간 살게 되었다며 놀러 오라고 했고, 마침
Yaeji가 시카고에서 라이브를 할 예정이었고, 회사를
그만둬서 시간이 많았다. 대학 졸업 이후로 한 번도 안
갔으니까. 지금 아니면 언제. 그런 마음으로 부산에서 서울,
서울에서 시카고로 날아갔다. 우선은 쥰이 세 들어 산다는
빌라에 일주일간 머무를 계획이었다. 지은 지 족히 50년은
넘어 보이는 건물이었는데, 한국의 구옥 빌라에서와는 영
다른 의미의 세월이 느껴졌다. 공동 현관의 나무문은 온
힘을 실어야 열릴 정도로 묵직했고, 각 층에는 한 세대만
거주했으며, 층마다 발코니도 있었다.

공동 현관이 있어서 실내까지 택배 배달을 해주니 그나마
도둑맞는 일이 덜해. 근데 내 소포는 왜 이렇게 겉이

찢어졌지? 이거 분명히 내 이름을 보면 아시안이란 게
티 나서 그런 거야. 쥰은 빠른 영어로 투덜댐과 동시에
스카프를 휘휘 벗으며 너를 4층까지 안내했다. 반질반질한
나무 난간을 붙잡고 계단을 올라 고딕풍의 검은 손잡이를
당기자, 천장이 높고 벽은 희고 바닥은 나무로 된 커다란
거실이 보였다. 곧이어 어둑한 복도 저편에서 타닥타닥
소리가 들려오더니 머리통이 주먹만 한 흰 개가 너희를
향해 나부껴 왔다. 이끼야! 쥰은 개의 머리를 쓰다듬었고
너는 얼른 쪼그리고 앉아 이끼에게 손과 얼굴을 내주었다.
10월 시카고의 바람은 부산의 바닷바람보다 훨씬
매서워서, 네 볼과 손끝을 탐색하는 이끼의 콧김에 피부가
녹는 게 느껴졌다. 한바탕 솜사탕과 인사를 하고 나서
거실을 둘러보다, 아니 어떻게 이렇게 크고 좋은 집을
구했어? 물었더니 쥰은 룸메가 둘이잖아라고 대답했다.
이따 저녁 먹을 때 되면 다들 도착할 거야. 너도 걔네랑 아마
같은 시기에 학교 다녔을걸. 혹시 같이 수업 들은 적 있어?
엠마라고 미술사 전공했던 애 방이 이쪽이고. 나즈, 나즈는,
우리 같이 학교 다닐 때 나디아였는데 트랜지션해서 이름을
바꿨어. 기억해?

물론 너는 나디아였던 시절의 나즈를 기억하고 있다.
3학년 때 들었던, 과제 많고 어렵기로 악명 높은 철학
수업에서 너와 나즈 둘만 유색인종이었으니까. 그 수업을

듣던 해 교내 다문화지원센터는 두 돌을 맞았고, 고대 그리스와 로마 철학 일색이었던 필수 교양 과목 교재 목록에 이집트 신화가 처음으로 포함되었으며, 상담 센터에 첫 유색인종 여성 상담사가 채용되었다. 그 시기 너는 페미니즘 동아리 모임에서 비욘세의 신곡이 가부장제에 복무한다는 백인 페미니스트들에게 얼굴 붉히며 화를 냈고, 추수감사절에는 이민자 2, 3세대 친구들과 맥앤치즈, 구운 야채, 만두, 뱅쇼 같은 걸 한 상 가득 차리고 드디어 커뮤니티를 찾았다고 생각했다. 너는 그들과 다문화지원센터가 주최하는 세미나에서 만나거나, 학교 홍보용 사진에 유독 자주 찍히면서, 또는 좋아하는 음악이나 시인이 같아서, 그리고 이 학교에 다니는 유복한 백인들이 얼마나 몰상식한지에 대해 얘기하면서 친해졌다. 나즈와는 마주치는 일이 거의 없었지만, 당시 너희들 중 제일 막 나가는 파티 걸이었던 애나에게 한번 주말에 뭘 했냐고 물어봤다가 나즈와 스트립 클럽에 갔다는 얘길 들은 적이 있었다. 헤테로 여자애들이랑은 남자 나오는 클럽엘 가는데, 나디아는 레즈니까 걔랑 간 거지. 둘은 돈 없는 대학생들답게 옆 테이블에서 랩댄스 받는 걸 구경하고 폴댄서들에게 1달러짜리 지폐를 던지다 왔다고 했다.

그 시기에 나즈와 친하지 않았던 건 사실 같이 들었던

수업 때문이기도 했다. 너는 수업 첫날부터 이 자리에 백인 패싱되지 않고 외국인인 사람은 너뿐이라고 느끼면서 움츠러들었다. 나즈는 숱이 많은 곱슬머리, 진한 눈썹과 매부리코 같은 디테일을 자세히 보면 조상들이 중동 어딘가에서 왔다고 짐작할 수 있는 외모였지만, 언뜻 보면 유대인처럼 보이기도 했고(물론 유대인이 백인으로 읽히게 된 역사에 대해서는 책을 뒤적이는 것이 좋다) 너희 학교에서 백인 패싱 유대인은 주류였다. 게다가 나즈는 모어가 영어인 사람이었다. 너는 문화인류학이나 소수자 문학, 지역사 수업만 줄줄이 듣다가 이 수업이 그렇게 어렵고 재밌다길래 신청했는데, 교재 목록을 보니 전부 백인 철학자뿐이어서 충격을 받았고, 한 페이지를 열 번 읽어도 토론용 질문은커녕 아무런 감상도 떠오르질 않는 글들을 수십 페이지씩 척척 읽고 논쟁하는 동료들, 여위고 창백한 얼굴을 한 채 셔츠 위에 커다란 스웨터를 뒤집어쓴 그들의 말하기에 압도되어 한 학기 내내 거의 아무 말도 하지 못했다. 커피 향을 풍기며 준비해 온 말을 꺼내고, 누군가의 농담에 웃는, 패셔너블하게 구겨진 셔츠 차림의 나즈를 보면서 넌 생각했다. 우린 너무 다르구나.

×

그런 나즈가 트랜지션을 하더니 이백 배쯤 핫해진 건 그리놀라운 일도 아니었다. 넌 이전에도 곱슬머리가 드리운 그의 옆모습, 길고 곧은 손가락 같은 걸 눈에 담아두곤 했으니까. 그렇지만 어둑어둑한 복도를 지나 나즈가 부엌에 들어선 순간, 얼굴이 부서질 것처럼 커다란 미소를 지으며 네 이름을 불렀을 때부터 넌 그 자리에 없었다. 살갗 바로 아래서 와글거리는 소음. 나즈는 어깨 길이였던 머리를 잘라 옆얼굴이 도드라졌고, 눈매는 더 깊어져 있었다. 윗입술에는 옅은 수염. 여드름 자국으로 파인 볼. 마음을 먹으면 정확히 직사각형으로 몸을 접을 수 있을 것 같은 팽팽한 팔다리. 사슴-개 같다. 사냥당하는 것 그리고 사냥하는 것. 저 눈썹을 쓸고 목덜미를 깨물고 싶다. 물리고 싶다.

학교 다닐 때는 겨우 한두 마디 섞었을까 싶어도 졸업하고 우연히 마주치면 와락 안아보고 싶은 게 유색인종 동기들이었다. 어이없는 상황을 함께 겪었다는 감각이 너희에겐 있었다. 학교 파티에서 DJ를 자처한 백인 여자애의 플레이리스트 제목이 〈white girls, black music〉이었던 것. 인류학과 수업에서 어떤 백인 퀴어가 무슬림 여성들의 억압을 이해하기 위해 여행지에서 일주일간 니캅을 써봤던 일에 대해 발표한 것. 넌 나즈와 그때 그 시절 얘기를 하면서, 당시 너희가 얼마나 우스꽝스러웠는지, 지금도 백인들은 얼마나

무지몽매한지에 대해 고갤 저으며 웃었다. 머리칼을 훑고
입꼬리를 살짝 끌어 올리며 웃는 나즈.

그래서, 넌 어디서 자?
나? 여기 침낭 깔고 자려고.
너는 식탁 옆, 창가 쪽 벽에 붙어 있는 벤치를 가리키며
말했다.
내 방에서 자도 되는데, 오늘은 여기서 자겠대. 너를 초대한
준이 말했다.
그래, 그럼 하룻밤씩 옮겨 다니던가. 내 침대에서 자도 돼.
불면증이 심해서 잠 좀 설칠 수도 있는데, 그래도 괜찮다면.
오, 신이시여. 머릿속에서 너는 털썩 주저앉았다. 저에게
플러팅과 호의를 구분할 지혜를 주옵시고. 때가 왔을 때
놓치지 않을 용기와 재치를 허하소서.

×

그 후로 너는 나흘간 시카고를 쏘다녔다. 콘서트와 파티에
갔고, 친구들과 '킹 사우나'라는 아메리칸 찜질방에서
밴드를 결성했다(소금방에 아무도 없길래 노래 부르며
놀았다는 말이다). 라틴계 이민자 동네에 가서 타코를
먹고, 한국에서도 이제 막 유행하기 시작한 시카고 딥디시
피자도 먹었다. 친구들 타로점을 봐주고 호숫가를 걸었다.

호수라고는 하지만 한국 국토의 절반 정도 크기인 레이크 미시간. 잔디밭이 깔린 공원 구역을 지나 물가로 가까이 가니 코끼리만 한 바위에 파도가 부서지고 있었다. 태양과 달과 지구 사이의 중력 차이로 생기는 파도가 아니라, 호수 저편에서 불어오는 바람이 600킬로미터쯤 되는 호수를 가로지르면서 점점 힘이 세져 생기는 파도. 한 친구는 여름이면 이 호수에서 조정 강습을 받고 있다고 했다.

하루는 킹 사우나에서 결성된 밴드의 멤버인 가브리엘이 쥰네 집에 놀러 와 같이 저녁을 만들어 먹었다. 그리고 너희 셋은 곧 쥰의 새하얀 침대에서 앨범 재킷 사진을 찍는 게 좋겠다고 떠들기 시작했다. 나즈한테 사진 찍어달라고 하자. 그래, 네가 가서 말해. 쟤 원래 바쁘다고 이런 거 안 하는데 너는 손님이니까 해줄지도 몰라.

그날 나즈가 찍어준 사진들 속에서 눈을 감지 않은 사람은 너뿐이다.

가브리엘이 집으로 돌아가고, 쥰은 잠든 밤. 너는 혼자 식탁에 앉아 책을 읽고 있었다. 복도의 마룻바닥이 삐걱대는 소리.

역시, 너일 거 같더라. 네 말에 나즈는 씩 웃었다.

차라도 마실래? 찻장 속으로 긴 팔을 넣어 휘젓더니 알제리에 사는 친구가 보내줬다며 찻잎을 꺼냈다. 이름은 어떻게 정했어? 너는 찻잔을 감싸 쥐고 물었다.

— 친구가 지어줬어. 한 1년쯤 전.

잘 어울려, 장난꾸러기 같고.

— 그치? 나즈는 코를 찡그리며 웃었다. 네 이름은? 쥰은 너를 한국어 이름으로도 부르던데.

응, 한국으로 돌아가고 나선 그 이름을 더 많이 쓰니까.

— 소리가 좋더라. 뜻이 있어?

여름 태양이라는 뜻이야.

— 여름에 태어났어?

아니, 봄에. 근데 여름을 제일 좋아해. 넌 언제 태어났어?

— 나? 10월 31일.

뭐? 핼러윈이 생일이란 말이야? 다음 주잖아.

— 맞아. 그래서 어릴 때부터 생일마다 난리였지.

10월 31일이면… 전갈자리? 전갈자리 남자들은 속을 알기 어렵던데. 아, 미안. 너 어떻게 정체화하는지 안 물어봤네.

— 음, 짧게 말하면 FTM 맞아. 근데 호르몬 시작하면서 내 안의 여성성을 받아들이게 된 것 같기도 해.

진짜? 어떤 의미에서?

— 트랜스를 경유해서 여성스러울 수 있는 것 같아. 트랜스펨?

트랜스펨이라… 너 대학 때부터 완전 부치 다이크였잖아.

그때도 멋있었어.

— 푸하하, 다행이야, 내내 죽고 싶었는데 겉은 그럴듯했다면.

학기 초에 널 처음 봤을 때, 청 반바지에 후줄근한 셔츠 입고
버켄스탁 신고 있었던 거 기억나. 머리는 치렁치렁하고.

무슨 밴드맨인 줄 알았어.

— 야, 너야말로. 삐죽삐죽한 백금발이 어딜 가든 눈에
띄었는데. 넌 몰랐겠지만 전에 퓨리네 집에서 핼러윈 파티
했을 때, 그때 내가 너한테 사탕 줬어.

퓨리? 그날 워낙 여기저기서 사탕 돌렸잖아.

— 응. 나 그날 염소 머리 탈 쓰고 있었어. 나즈가 손을
비틀어 뿔을 만들어 보였다.

그게 너였다고?

— 응, 혼자 있긴 싫은데 아무도 날 알아보진 않았으면 해서.

뭔지 알아, 그 기분.

— 핼러윈은 그런 사람들에게 좋은 날 아닐까.

트랜지션하면서는 어때? 알아봤으면 하는 거야? 네가
누군지?

— 알아볼 사람은 알아보겠지. 그런 마음이야.

그럼 이번 핼러윈엔? 뭔가 할 거야?

— 응. 여기서 파티할 거야. 올래?

×

너는 거울에 비친 얼굴을 보며 눈을 그리고 있다.
핼러윈이니까, 오늘 하루쯤은 무엇이든 될 수 있다.
눈꼬리를 길게 뺐다가, 지나치게 뾰족한 것 같아서 젖은
휴지로 뭉갠다. 아예 분장을 해버릴까. 눈두덩 전체를
칠할 수도. 글리터를 찍어 발라본다. 바스락거리는 빛이
세면대 위로 흩어진다. 머리는 어떻게 하지? 여행을 오기
전에 보라색으로 염색했는데, 시간이 지나면서 흐리멍덩한
파란색이 되었다. 머리를 묶어본다. 충분히 길지 않아서
깔끔하게 하나로 묶이지 않는다. 푸르고 손 갈퀴로 도로
빗어 내린다. 살갗에 붙었던 글리터가 머리칼 군데군데
박힌다.

야, 화장실 다 썼어? 도와줘?
어, 아니, 잠깐만.

재빠르게 얼굴을 덧댄다. 루비. 사파이어. 에메랄드.
투르말린.
누가 정해줬으면 좋겠다. 유령. 마녀. 짐승. 천사.
이 기분에 이름을 붙일 수 있다면. 동경. 갈망. 환상. 착란.
민물에서도 파도는 파도. 파랑은 파랑. 파랑. 파랑. 파랑.

탕국

부산 할머니가 만드는 탕국 속 고기는 씹다 뱉은 것
같은 모양새로 냄비 밑바닥에 가라앉아 있다. 국자에
담아 들어 올리면 덜 빠진 핏물이 보풀처럼 표면에 엉겨
있고 그대로 국자를 휘저으면 응고된 적혈구 무리가
탁한 침 같은 국물에서 유영한다. 탕국 속 두부는 애매한
크기의 깍둑썰기형, 남포동 시장 한복판에서 반나절 정도
바람 쐬면서 약간 쉬어버린 맛. 씨앗호떡 팔고 영화관
있는 남포동 말고, '맨션'이라는 이름의 낡은 빌라와
'몸부림'이라는 이름의 노래방이 신기하게도 몇십 년째
자리를 지키는, 딴 동네 어딜 가든 우리 동네 시장이 제일
싸다 할 때의 그, 볕에 바랜 빨노초파 파라솔 아래 사과나
귤이, 바닷물에 삭은 판자 위로 이름 모를 생선이, 빨간
다라이에 오이지나 흙 묻은 무가 나뒹구는 곳. 모른다,
실은. 그 시장에서 파는 과일이 사과와 귤뿐인지. 아마
아니겠지만, 부산 할머니가 사는 과일이라곤 그것뿐이라.
그것도 늘 알이 굵고 맛은 묽은 것들. 몇십 년째 당뇨를

앓고 있으니 어차피 그 과일을 먹는 건 당신이 아니다.
명절이라고 코빼기 비추는 손주나 귀신들이지.

부산 할머니에게 사과라면 사과식초. 가죽 시트가
반질반질한 식탁 의자 앞에 놓인 대야, 그 안에 한가득
담긴 액. 발이 그래 근지러워 우짜노. 평소에도 이래 담가
봐라 했나 안 했나. 당뇨가 비껴간 사람은 네 아들 중
하나도 없지만 멀리 서울 사는 셋째가 발가락 사이를 뜯다
기어코 피를 보면 콸콸 쏟아지는, 사과를 달여 만들었든
도가니를 삭혀 만들었든 아무도 분간 못 할 냄새. 셋째가
안경을 고쳐 쓰고 마지못해 식초에 발 담그고 있으면
절뚝이며 옷장에서 끌어내는 발가락 양말 한 뭉치.

어무이 좀 쉬이소. 제가 맛있는 거 사드릴게예, 라며 셋째가
끌고 간 식당. 자리가 나기를 기다리며 내가 돌담에 그날
주운 조개나 유리 조각 따위를 늘어놓자 만다꼬 이런 걸
주워 왔노 하며 당신은 손바닥 하나로 그 모든 걸 쓸어
치웠다.

추석이면 다 같이 송편을 빚고, 김치는 젓갈 없이 배나 감
혹은 뽀얀 무로 맛을 내고, 언제 가든 제철 과일이 서너
가지는 있는 예산 할머니 집에 익숙하니 어쩔 수 없었다.
당신 남편이 모래 장사 하다 망하고 냉면 장사 하다 망하는

동안 당신은 어떤 마음이었는지 알려 하지 않았다. 피난
내려오기 전 어릴 적에 무얼 하고 놀았는지, 누구에게서
밥하는 법을 배웠는지 알려 하지 않았다. 당신이 만든
무나물에서 머리카락을 골라내고, 부엌 구석에 서서
제기나 닦고 싶었다. 기름이 굳어가는 생선에 꼬치 꽂다
가시에 찔리는 일도, 먼저 간 당신 남편이 먹은 탕국을
싱크대로 흘려 보내는 일도, 당신 아들들 먹을 사과 깎는
일도 남이 하게 두었다.

당신의 생일을 나는 매년 새로 배운다. 음력 몇 월
며칠이라고 여러 번 들었지만 그냥 때가 돼서 누가 알려
주면 전화를 건다. 할머니 식사하셨어요, 하면 내는 늘
잘 먹는다 할 때 떠오르는 시금치, 무, 가지, 고사리 나물.
진흙색 게르마늄 그릇 하나에 담긴 물컹한 것들, 무나물
국물과 참기름과 약간의 마늘, 약간의 참깨가 뒤섞여
시간이 지날수록 모두 같은 맛이 되는. 콩 넣은 잡곡밥에
보리차 말아 후르릅. 내처럼 나이 먹고도 식욕 남은 노인네
읍다. 니도 건강하고, 밥 잘 챙겨 무라.

셋째가 결혼하겠다고 데려온 여자가 가방끈 길다는 건
알고 요리 일절 못한다는 건 아직 몰랐을 때, 그 아이
아버지도 함경도 출신이라는 걸 알고 함흥냉면집에서
상견례를 했을 때, 이북 사람 셋, 서울 사람 하나 모여서

무슨 얘기를 나눴을까. 피난 내려와 교회 다니며 삼 남매를 키운 둘. 여름이면 바닷가에서 문어고 소라고 잡아 오는 아들 넷을 키운 둘. 내 키가 당신 허리춤에 오던 때, 예산 할머니는 매일 기억절을 외는 수석집사였고 당신은 같은 건물에 사는 모든 이의 생일을 기억하는 통장이었다. 예산 할머니를 기쁘게 하려면 노래를 하거나 할머니가 고른 옷을 입었다. 당신을 기쁘게 하기 위해서는 당신의 아들과 함께 나타나면 되었다.

×

그맘때 사진 중 최근 발견한 것. 바다 앞에 선, 빨간색 니트 조끼에 체크무늬 손수건을 목에 묶은 네다섯 살의 나. 예산 할머니가 입힌 옷이라면 쨍하게 맵시가 있거나 하늘댔을 텐데, 품이 크고 장식이라곤 브이넥 칼라 따라 흰색 줄무늬 하나, 후덕해 보이는 질감이라 알았다. 당신이 사 준 옷이란 걸. 여자애 옷을 사본 적이 없었던 것이다. 그 사진 속 나는 평소와 다른 표정이다. 다른 사진에선 새초롬한 곁눈도, 샐쭉하게 모은 입도 풀어진 채, 넉넉한 옷을 입고 빨갛게 웃고 있다.

×

제사를 다 마치고. 죽은 자들 이름 적힌 한지에 불을
붙인 당신. 병풍 앞에 엉거주춤 서서, 흰 종이 뿌연 재로
일렁일 때까지 흔들며. 할매 할배요 아부지요, 여 아-들
살피주이소. 아니, 아마 그건 내가 만들어낸 기억. 낮게
읊조리는 당신이 무슨 말을 하는지 나는 듣지 못한다.
공중을 휘젓는 두툼한 팔. 언제나 탁하고 어두운 천으로
감싸인, 식초에 절여도 바닷물에 빠져도 같은 색일.
순식간에 흩날리는 이름들, 남은 이 없도록 열어둔 손, 손.

몸 을 씻 다
욕 을 하 는 사 람

세상에는 몸을 씻다 욕을 하는 사람들이 있다. 그 자리에
오기 전에 하고 싶은 말을 해버린 사람이 있는 반면,
혼자가 되는 공간에서야 쌓였던 말들이 터져 나오는 사람.
문장으로 이어지지 않고 단말마의 비명, 한숨이 맺히는데
그게 최선의 언어다. 내가 아는 좋은 사람 중 하나는 몸을
씻으면서 화장실 밖에서는 한 번도 들어본 적 없는 욕을
했다. 목욕재계를 하고 나와서는 뽀얀 얼굴로 다시 책상에,
식탁에 앉았다. '입에 담지 못할' 심한 말 같은 게 있을까.
무시무시한 욕은 아니었지만 평소 말을 고르고 고르는
사람이 혼자가 되었을 때 뱉는 "개자식들" 정도만으로도
나는 슬퍼졌다. 그 사람의 말을 알아들을 수 없어서.

×

할아버지는 내가 아는 어른 중 책을 가장 많이 읽는
사람이었다. 내가 글을 배우기 전 할아버지에게 하던

아침 인사는 "오늘도 공부할 거야?"였다고 한다. 언제나 곁에 책이나 잡지가 있었던 할아버지지만 그가 나에게 책을 권하는 일은 없었다. 그렇게 하지 않아도 할아버지의 서가는 충분히 신비로웠다. 할아버지 할머니 댁에 가면, 엄마는 할아버지와 식탁에서 이야기를 나누고 나와 할머니는 거실에서 야채를 손질했다. 할아버지와 엄마는 때로는 심각한 표정으로, 때로는 고개를 젖혀 웃으면서 내가 알아들을 수 없는 대화를 나눴다. 일과 사람에 대한 이야기라는 것은 알 수 있었다. 그럴 때 엄마의 표정이 아무리 헝클어져 있어도 할아버지는 상황이나 사람을 뭉개서 말하는 법이 없었다. 무엇이 어떻게 잘못되었는지, 왜 그런 행동이 천박한지 판단을 내렸다. 나는 호박잎을 다듬으면서도 할아버지의 말들을 훔쳐 들었다.

나는 할아버지가 읽는 책과 잡지를 훔쳐보며 자랐다. 그 안에는 전쟁도 있었고 하나님도 있었고 약속도 있었고 용서도 있었다. 그중에서도 내가 몰래 좋아하던 주간지 속 한 폭짜리 칼럼에는 불같은 사랑이 등장했다. 그런 이야기들에는 욕이 곁들여져 있었다. 점잖은 언변 사이에서 그 활자들은 도드라져 일렁였다. 그렇지만 할아버지에게서 그런 말을 들을 일은 없었다. 가끔, 아주 가끔, 몸을 씻다가 읊조리는 말을 주워듣는 정도였다. "개자식들." 촤아, 물이 몸에 부딪혔다. "더러운 수작이구나."

그래서 할아버지를 만나러 갈 때는 책을 고심해서 골랐다. 며칠째 한 페이지만 읽고 있는 철학서, 외국어를 배우게 되었을 때는 원서, 반항기에는 비행 청소년이 나오는 로맨스 소설. "무슨 책을 읽느냐?" 할아버지는 빙긋 웃으며 물었다. 그때마다 나는 조금 긴장하면서 책을 소개했고 할아버지는 "음" 하고 별말 하지 않았다. 좋은 친구를 사귀라고 할 뿐이었다.

초등학생 때는 여름방학에 할머니 할아버지와 지내면서 할아버지가 만들어주신 한자 플래시 카드로 공부를 했다. 큰 마분지 한 장에 자를 대고 내 손바닥 반만 한 크기로 자른 뒤, 붓펜으로 한 자 한 자 써서 만든 천자문 카드. 수백 장의 작은 종이 앞면에는 할아버지의 글씨, 뒷면에는 내가 볼펜으로 눌러쓴 뜻과 음이 있었다.

나의 근황에는 언제나 "음" 정도의 반응을 건네는 할아버지였지만 우리는 딱 한 번 싸운 적이 있었는데, 그건 내가 대학 졸업 직후 일자리를 구하던 시기의 일이었다. 불 꺼진 텔레비전 앞 소파에 앉아 여느 때처럼 요즘 읽는 책 이야기를 하다가 할아버지는 나에게 앞으로 어떻게 할 건지 물었을 테고 나는 눈앞이 깜깜한 사람 특유의 방어적인 태도로 답했을 것이다. 할아버지는 나라를 빛내는 일에 대해 말했다. 나라 따위 개한테나 줘버리라지,

그런 게 내 심정이었지만, 할아버지는 나라가 두 동강 나면서 고아가 된 사람이었다. 그날 처음으로 우리는 언성을 높였고 나는 바람 좀 쐬고 오겠다며 나가버렸다. 그 후로 한동안 할아버지를 만나러 가지 않았다. 그러다 어느 날, 할아버지 댁에 간 엄마가 무슨 일 있었느냐며 사진을 보내왔다. 사진 속에는 할아버지의 책상에서 보이는 서가 풍경이 담겨 있었는데, 의자에 앉으면 정면으로 보이는 곳, 책장 한가운데에 흰 종이가 붙어 있었다. 종이에는 여전히 반듯하고 고운 글씨로 두 글자가 적혀 있었다. *微笑*.

엄마가 회사 일로 할아버지에게 조언을 구하던 때, 그는 '레이디'가 되라고 했다던가. 엄마는 그런 말을 나에게도 전해준다. 그 말에 담긴 뜻이 뭔지는 알고 있다. 알고 있지만 그렇게 살 수 없고 살지 않을 거라고 확신한다. 나에게는 땀과 피와 냉을 흘리는 몸이 있기 때문이다. 게다가 애초에 그 말은 나에게 한 말이 아니다. 그의 몸이 벌겋게 붓고 진물이 흐르던 날들, 그도 나도 하룻밤을 제대로 잠들지 못하던 병실에서 할아버지가 나에게 던진 말은 "사는 게 재미있느냐?"라는 짓궂은 질문이었다.

며칠 뒤, 그가 모르핀이 형형한 눈으로 당장 자기를 집에 데려다 놓으라 고함치던 날, 처음으로 할아버지를 두 팔로 안아 들었다. 집에 갈 거라고 말하며 할아버지가 탄 휠체어를 병원 입구의 진달래꽃 담장으로 밀고 갔다.
우리는 한참 그렇게 꽃을 보고 있었다.

×

나도 나이가 들어서 머리를 감다 욕을 하는 사람이 되었다.
그건 사실 욕이라기보다 허공에 대고 하는 주먹질에
가깝다. 평소에는 내지 않는 낮고 큰 소리로 샌드백에
달려든다. 그날 있었던 일들을 생각하면 그렇게라도
하게 된다. 상태가 심각해질 때는 우리 집 화장실이 아닌
곳에서도 혼잣말을 하니 이 정도는 스스로에게 허락해
주기로 한다. 그 말의 대상은 나를 비참하게 만든 것일
때도 있지만, 그보다 자주 나 자신이다. 왜, 하필, 좆같이
구는, 쓰레기야.

같은 기숙사에 살던 E는 공황이 올 때마다 샤워로
씻어낸다고 했다. 수십 명이 함께 쓰는 공용 샤워실을 혼자
쓸 수 있는 건 오후 3시, 새벽 3시, 그런 시간뿐이었다.
복도를 지날 때 한낮의 샤워실에서 물소리가 들리면 문
앞에 멈춰서 칸막이 아래의 세면도구 바구니를 확인했다.
증기 때문에 흐릿해진 문턱에 서서 E가 하지 않는 말에 귀
기울이곤 했다.

물줄기 아래에서 정해진 순서대로 몸을 씻다 보면, 그 지겹고 지겨운 의례를 지내다 보면, 그래도 나는 몸이 있구나, 몸이라는 걸 깨끗이 닦으면 이런 감촉이, 이런 색이 나는구나. 그런 생각을 하게 된다. 어쩌다 생겼는지 알 수 없는 멍. 손대기 어려울 정도로 딱딱하게 뭉쳐 있는 배. 이렇게나 무방비인 몸, 매일매일 조금씩 달라져 있는 몸. 머릿속이 복잡한 걸 생명의 위협으로 느낀다는 몸. 나조차 만질 수 없는 곳에도 물은 닿는다.

×

혼자서 몸을 씻을 수 없게 된 후로 할아버지는 족욕을 즐겨 했다. 그는 화장실 문턱 너머에 따뜻한 물이 담긴 대야를 두고 발을 담근 채 앉아 있거나, 나중에는 화장실 문 앞에 누워 있었다. 그때는 아무 말도 하지 않았다.

×

내가 당신에게서 배운 것, 그건 당신이 말로 알려줄 필요가 없던 것들이다. 아침에 일어나면 창문을 연다. 밤사이 차가워진 몸을 움직여 따뜻하게 한다. 책을 읽으며 생각난 것은 그때그때 메모한다. 그리고 매일, 매일, 기꺼이 혼자가 된다.

냄새 없는 영화,
믿을 수 없는 사람

도쿄에서 화장실 청소부로 일하는 중년 남성 '히라야마'의
일상을 그린 영화 〈퍼펙트 데이즈〉를 봤다. 영상미가
뛰어난 작품을 만들기로 유명한 빔 벤더스 감독의
신작이자 2023년 칸영화제에서 주연배우 야쿠쇼 코지에게
남우주연상을 안겨준 이 영화는 어슴푸레한 새벽, 이불 밖
옆얼굴만 보이는 히라야마가 동네 골목을 비질하는 이웃의
소리를 듣고 눈을 뜨는 장면에서 시작된다. 히라야마가
지체 없이 이불을 개고 이를 닦는 모습, 작은 식물 화분
여럿에 물을 주는 모습, 점프슈트 작업복을 입고 현관의
선반에 가지런히 줄 세워둔 소지품을 챙기는 모습까지,
어찌 보면 특별할 것 없는 일상의 순간을 통해 관객은
주인공을 해석하게 된다. 히라야마는 청소 도구를 빼곡히
실은 소형 밴을 몰고 도쿄 시내의 한 공원으로 향한다.
이른 아침이라 공원에는 화장실 앞 벤치에 셔츠를 풀어
헤친 양복 차림의 남성 한 명이 비스듬히 늘어져 있을
뿐이다. 히라야마는 허리춤에 도구를 걸 수 있도록 질긴

캔버스 벨트를 두르고, 두 번 왔다 갔다 할 일 없도록
양손과 겨드랑이 사이에 도구를 균형 맞춰 들거나
끼우고서 화장실로 발걸음을 옮긴다. 쓸고 닦아야 하는
바닥, 거울, 세면대, 변기 등 대상에 따라 알맞은 행주,
물걸레, 스펀지를 꺼낸다. 변기를 닦을 때는 가느다란
손잡이를 부착한 거울까지 동원해 바닥에 얼굴을
대지 않고도 변기 도기와 바닥 사이의 틈이 깨끗하게
닦였는지를 확인한다. 이 모든 동작에는 수십 수백 번
반복해 최선의 동선과 질서를 깨우친 사람의 절도가 배어
있다. 그 움직임의 가뿐한 리듬감은 가장 원초적인 오물의
영역인 화장실을 청소하는 히라야마에게 품위를 부여한다.
그와 파트너로 일하는 청년 '다카시'가 오토바이를
타고 뒤늦게 현장에 도착해 핸드폰을 들여다보며
건성으로 행주를 문지르는 모습, 히라야마에게 "어차피
더러워지는데 대충 해요"라고 말하는 장면은, 다카시의
말에는 대꾸도 하지 않고 묵묵히 일하는 히라야마의
건실함을 강조한다.

허튼 동작 하나 없는 히라야마의 작업 방식은 퇴근
후 여가 시간에서도 이어진다. 근무를 마친 후 그는
집에서 옷을 갈아입고 세면도구를 챙긴 다음 자전거를
타고 대중목욕탕에 간다. 그가 자전거를 골목에 세우는
순간 그날의 영업을 시작하기 위해 출입문을 열고

현관에 노렌을 거는 직원이 보인다. 개운한 몸으로 근처 지하상가에 위치한 음식점에 자리를 잡으면 단골을 알아본 점원이 "오늘도 수고하셨습니다" 하는 인사와 함께 늘 마시는 음료와 서비스 반찬을 내온다. 얇은 유리잔에 담겨 나오는 음료는 입구까지 찰랑이는 투명한 액체와 얼음이라, 그것이 시원한 물인지 진토닉이라도 되는지 알 수 없다. 그렇게 많아야 두 잔 정도를 마시며 가게 텔레비전에 나온 야구를 보고, 미소 띤 얼굴로 주위를 구경하다 집에 온다. 그가 저녁 시간을 보내는 두 평 정도 크기의 다다미방에는 옷가지가 든 나무 서랍장, 손바닥만 한 문고본이 일렬로 꽂힌 책장, 바닥에 놓인 낡은 스탠드, 그리고 푸른색 요와 이불 외에는 아무것도 없다. 그의 집은 한눈에 보기에도 오래되고 허름한 건물에 있으나 그 내부는 먼지 한 톨 없이 깨끗하다. 히라야마는 잠들기 전까지 스탠드 불빛에 의지해 책을 읽다가 밤이 깊으면 안경을 벗고 눈을 감는다.

물론 히라야마가 이렇게 정돈된 일상만을 보내는 것은 아니다. 하루는 동료 다카시가 짝사랑하는 금발 머리 여자아이가 일터로 찾아온다. 불행히도 오토바이가 고장 나 위기에 빠진 다카시가 차를 빌려달라고 사정하는 통에 둘을 차에 태우고 떠들썩한 오후를 보낸다. 또 다른 날에는 생애 처음으로 가출을 한 조카가 집 앞에 나타나 한동안 일상이 어그러지기도 한다. 나중에는 다카시가 돌연 퇴사를 통보하는 바람에 반나절이면 끝낼 일을 혼자 다 하느라 한밤중에 퇴근해서 대충 펴둔 요 위로 쓰러지는가 하면, 주말마다 들르는 술집의 여사장이 영업시간 전 가게에서 한 남자를 포옹하는 모습을 훔쳐보고는 평소 피우지 않는 담배와 캔맥주를 입에 댄다. 여러 파고 속에서도 아침이면 비질 소리와 함께 이불을 젖히는 히라야마가 수도승처럼 느껴지기도 하지만, 그 또한 욕망하고 연민하며 끓어오르는 모습을 보인다. 그렇지만 7년째 매주 들르는 술집에서도 투명한 유리잔에 색이 없는 술만 마시는 히라야마가 끓어 넘치는 일은 없다. 그가 자기 안에 든 '오물'을 흘리는 일은 일어나지 않는다.

실은 히라야마가 청소하는 화장실에서조차 오물은 오줌 한 방울도 보이지 않는다. 늦잠을 자고 나타난 다카시가 아침 근무를 할 때면 화장실이 토사물 범벅이라 최악이라고 말하는데도, 히라야마가 먼저 도착해 치우기 시작한 현장에는 토는커녕 젖은 휴지조차 없다. 화장실 타일 사이에 종이나 작은 비닐 조각이 끼어 있을 뿐. 히라야마가 사용하는 청소 도구조차 청결하다. 대걸레는 끄트머리만 희미한 회색으로 바랬고, 변기를 닦을 때 쓰는 스펀지는 파란 세제의 채도가 조금도 낮아지지 않을 정도로 희다. 손거울이 비추는 변기 밑은 이미 말끔하게 닦여 있다.

물론, 영화를 통해 도쿄의 개성적인 공중화장실을 선보일 수 있게 된 도쿄시에서는 영화를 보고 일본에 찾아올지 모르는 관광객 때문에라도 지저분한 화장실을 내보이고 싶진 않았을 것이다.

어쨌든 화장실을 청소할 때마다 히라야마는 노란색 '작업 중' 표지판을 입구에 세워두지만, 사람들은 아랑곳하지 않고 불쑥 그의 작업장으로 들이닥친다. 그럴 때 히라야마와 드물게 눈을 마주치는 이들은 업무에 방해가 되어 미안해하기보다 그의 존재에 곤란해한다. 대부분은 히라야마를 본 척도 하지 않고 자기 볼일을 보기에 바쁘다. 그렇게 있어도 없는 사람 취급을 받는 히라야마를 보면서 나는 그처럼 공원 화장실을 청소하며 보여도 안 보이는 이로 살아가는 한 사람을 떠올렸다. 서울에서 나고 자라 2015년부터 매일 ㅁㅁ공원의 공중화장실을 쓸고 닦는 '가혜'는 하루에도 몇 번씩 걸레로 화장실 바닥을 훔치고 공원을 빗자루질한다. 새벽같이 일어나 청소하는 가혜 덕분에 이 공원의 화장실은 "어디나 드러누워도 될 만큼" 깨끗하다. 가혜는 이곳의 장애인 화장실 칸에서 생활하는 홈리스 여성이다. 나는 그의 이야기를 홈리스 여성의 이야기를 기록한 《그여자가방에들어가신다》에서, 빈곤연대사회 활동가 이재임의 글을 통해 읽었다.[34]

문래동의 대형 슈퍼마켓 앞, 을지로입구역과 종각역의 지하도를 거쳐 ㅁㅁ공원으로 오게 되었다는 가혜는 아는 사람은 다 아는 'ㅁㅁ공원 아주머니'다. 구청에서 파견된 청소 노동자들이 가혜에게 청소를 어떻게 해줘야 되냐고 물어볼 정도다. 이 공원에서 녹지과 기간제 노동자로 일한 경험이 있는 한 인터뷰이는 일하면서 몇 차례 가혜의 도움을 받았고 감사의 표시로 음료수를 건넨 적이 있다고 말한다. 그는 화장실에 쌓여 있는 가혜의 가방을 본 누군가가 접수한 민원 때문에 가혜에게 짐을 치우게 한 적도 있다. 그렇지만 가혜는 운이 좋은 편이다. "자기 일도 아닌데" 화장실 청소를 하는 가혜에게 공무원은 짐을 잠깐 치워달라고 말한 다음 보고용 사진을 찍고 다시 짐을 놔두라고 한다. 보여도 못 본 척해주는 것이다.

화장실 청소에 대해 가혜는 이렇게 말한다. "내가 붙잡혀서 하고 있는 거예요. 아직까지 면하지를 못하고 지금도 하고 있어요." 다음 달 초에 육이오가 날 거라며 빨리 가라고 연락이 오기도 하지만, "노숙자들을 붙잡아 놓고 먹고사는 사람이 있어"서 어디에도 가지 못하고 있다는 게 가혜의 설명이다. 인터뷰어가 좋아하는 음식이 무엇인지 묻자 그는 "요즘에는 수도꼭지에서 음식이 다 나와요. 모르세요? 저기 세면대에

34 김진희 외 7명, 홈리스행동 생애사 기록팀 기획, 《그여자가방에들어가신다》, 후마니타스, 2023년.

달린 것처럼 물 틀어 쓰는 수도꼭지 있잖아요. 그걸 틀면
배추김치도 나오고, 총각김치도 나오고, 풋고추도 나오고,
반찬 종류가 다 나오거든요. 철물점에서도 팔아요"라고
대답한다. 그는 공원 화장실에서 지내며 "사람이 와서
나쁘게 해서" 불안을 느끼기보다 공원에 있는 화단이
사실은 파산 면책한 사람들 무덤이고 그에게는 죽은
아이들의 혼이 보이기도 하기 때문에 두려움에 시달린다.

가혜의 이야기를 담은 장은 사실 첫 일화에서부터
그가 신뢰할 만한 서술자가 아니라는 것을 드러낸다.
그는 자신이 ㅁㅁ공원으로 오게 된 경위를 요약하면서
연도별로 거쳐 간 장소를 짚고, 이렇게 연도별 기억이
정확한 것이 늘 시계와 달력을 들고 다니기 때문이라고
말한다. 그리고 곧바로 인터뷰 당일이 무슨 요일인지를
완전히 잘못 짚는다. "오늘이 수요일이죠?" "오늘은
일요일이에요." 노숙인은 "없어서 굶주리고 오갈 데 없는
사람"이 아니라 "남을 위해서 사는 사람, 도와주고 사는
사람, 그런 사람"이라는 그의 말에서는 삶을 영위하는
방식에 대한 통찰이나 자부심이 느껴지지만, 이렇게
'상식을 뒤집는' 통찰은 앞서 인용한, 상상과 망상을 오가는
언사와 늘 엮여 있다. 이재임 활동가는 자신이 만난 홈리스
여성 중 여럿이 정신질환을 가지고 있었고, 그들의 말이
"자신들이 보고 느낀 삶에 대한 어떤 은유처럼 느껴져

때론 오히려 진실보다 진실 같았다"고 썼다. 그러나 그는 그러한 은유만을 골라 글에 싣지 않았다. 가혜가 웃음기가 사라진 표정으로 공원 주위 식당에서 일하는 사람들이 주고 가는 먹을거리도 거저먹는 게 아니라고 말할 때 나는 그가 하루하루 어떻게 자신이 무가치한 존재가 아님을 증명하고자 분투해 왔는지를 말하는 것이라 생각했다. 하지만 그가 경찰청 2층에 사는 '요물 엄마'로부터 돈을 받아 대가를 치른다고 하는 말은 어떻게 이해하면 좋을지 모른다.

변기 위에 차곡차곡 쌓인 여행 가방 세 개, 비닐에 싸여 바닥에 가지런히 정렬해 둔 작은 짐 몇 개. 언제나 열려 있도록 만들어진 출입문에 박스 몇 개를 겹쳐 세워 고정하는 방법. 항상 켜져 있는 천장 등 아래서 잠들었다가 새벽 5시가 되면 재생되는 클래식 음악 소리에 일어나는 습관. 비가 오는 날이면 바닥에 물이 흥건해지지 않게 몇 번이고 다시 걸레질을 하는 고집. 이재임을 통해 바라본 가혜에게서 나는 빔 벤더스가 그리는 히라야마를 보며 그랬듯 자신이 존엄할 수 있는 일상을 발명하고 그것을 이어나가려는 질긴 의지를 발견한다. 또한 히라야마가 단정하게 관리하는 생활공간과 달리 가혜가 마련한 몸 누일 곳은 방이라 불리지 못하는 공중화장실이라는 점을 기억한다. 가혜가 하는 노동은 자기 일도 아닌데 하는

행위이기에 없어도 되는 것처럼 치부되고, 그가 가지런히
놓은 물건들은 히라야마가 모은 세간처럼 초연한
생활인의 선택이 아니라 지저분한 짐 더미로 인식된다.

히라야마에게는 고용된 노동자로서의 의무와 그것을
완벽히 수행하고도 남는 기술이 있다. 의무가 있다는
건 누군가에게 기대를 받는다는 뜻이기도 하다. 가혜가
"파산 면책이라는 말 알아요? 목숨 끊고 싶은 사람들이
자기 목숨 물속에 던지는 게 파산 면책이야"라고 말한
대목을 읽고 나는 내가 그동안 일종의 '해방'으로 이해했던
'면책'이 실은 죽음이라는 것을 배운다. 더 이상 의무를
수행할 수 없다고 판정받은 사람은 어떻게 살아야 할까?
아무런 기대도 받지 않게 된 이는 무엇으로서 살아야
할까?

이런 질문을 하면서도 나는 안다. 이런 궁금증이라도
생기는 건 내가 가혜를 글로 보고 있기 때문이라는 것을.
내가 매일 가혜들을 못 본 척, 못 들은 척, 못 맡은 척
지나치고 있다는 걸 말이다.

〈퍼펙트 데이즈〉 상영이 끝난 후, 영화관에 눌러앉아
크레디트를 읽다 보니 빔 벤더스가 주연배우 야쿠쇼
코지에게 전하는 감사 인사가 나왔다. "I would like to

thank Koji Yakusho for being strictly unbelievable."
'Strictly unbelievable'이라니, '철저하게 경이로운'
연기를 선보인 것에 대한 찬사 정도로 이해하면 좋을까.
금욕적이면서도 딱딱진 않은 노동자를 연기한 배우가
믿을 수 없을 정도로 대단했다는 말일까.

오히려 히라야마가 흘긋 봐도 믿을 만한 인물이었기에
〈퍼펙트 데이즈〉는 무미건조하게 아름답다. 빔 벤더스는
무수히 많은 세상으로 이루어진 세상에서 존재하지
않는 것으로 여겨지는 이를, 찰나일지라도 반짝이는
아름다움의 창조자로 조명한다. 금방 다시 더러워질
화장실을 꼼꼼히 닦고 매일 나뭇잎 사이를 어른거리는
햇볕을 사진으로 남기는 히라야마나, 그가 경외심을 담은
눈으로, 그러나 언제나 멀리에서 바라보는, 공원의 나무
사이에서 홀로 춤추는 노숙인을 말이다. 물론 하루하루의
의무와 욕망에 담백하게 응하는 히라야마는 존경스럽고
신뢰가 가는 인물이다. 존경해 마땅한 인간을 존엄하게
여기자고 말하는 이 영화는 그래서 나에게 깊숙한 동경을
불러일으켰음에도 두 번 보지는 않을, 굳이 말하자면
완벽하게 안락한 이야기다.

트 랜 스   트 랜 스

1.

한국어와 영어를 오가는 번역가이자 성별 이분법이 구획해
놓은 세상을 물 흐리는 트랜스젠더로 살다 보니 종종
친구들과 영미권 트랜스젠더 이슈에 대해 이야기하곤
한다. 어느 날은 이런 이야기를 들었다. "지인이 유럽에서
문예창작을 공부하는데, 거기는 성별 대명사 때문에
난리래요. 교수가 학생 대명사를 잘못 불렀다고 징계받고,
합평하는 글에서도 사람 외모에 따라 성별 대명사를 쓰면
곤란하니까… 예를 들어서(어깨 아래까지 내려오는 긴
머리에 후드티, 레깅스를 입고 있는 친구를 가리키며) 이런
사람이 he일 수도 있어서 묘사하기가 어렵다네요. 그래서
사람은 안 나오고 동물만 나오는 글을 쓰게 된대요."
당시에는 마음속 어딘가가 삐걱댔지만 곧장 할 말이
떠오르지 않아 웃어넘겼다. 그렇지만 몇 주가 지난 지금도
이 이야기가 머릿속을 맴돈다. 트랜스젠더인 학생의
대명사를 잘못 말해 징계받은 교수라…. 그런 학교가

있다면 나도 다니고 싶다. 누군가는 '대명사 좀 틀렸다고
징계까지?'라고 생각하겠지만 그런 반응은 '요즘 애들'은
읽고 보는 것마다 트리거 워닝[35]을 필요로 할 정도로
과민하다는 불평, 학생이 자신의 소수자성을 이용해
교수의 권위에 도전하고 있다는 주장과 비슷하게 들린다.
실제로 트랜스젠더 학생의 성별에 알맞은 대명사를
사용하지 않은 교직원이 징계를 받은 경우가 있는지
검색해 보니 미국에서 트랜스여성인 학생을 반복적으로
남성대명사 he, 그리고 남성에게 쓰이는 존칭 sir로 불러
권고를 받은 교수가 학교를 고소했다는 기사가 나왔다.
그는 학교가 자신의 종교적 신념에 기반한 표현의 자유를
제한했다고 주장했고, 4년에 걸친 공방 끝에 학교로부터
배상금 40만 불을 받았다. 이 사건이 일어난 오하이오주
샤니 주립대는 배상금을 지급하는 것을 통해 사건을
마무리 짓기로 합의했으나
학교가 해당 교수의 표현의
자유, 종교적 실천의 자유를
제한했다는 주장에 동의할
수 없으며, 다만 이 사례가
사회정치적 편 가르기에
이용되며 대학과 학생들에게
해를 끼치고 있어 "경제적인
결정"[36]을 내릴 수밖에 없었다고

35 Trigger warning. 콘텐츠의
도입부에 트라우마에 대한
반응을 유발할 수 있는 주제가
무엇이 있는지 키워드로
나열하는 것.
36 Jonathan Franklin,
"A university pays $400K to
professor who refused to use a
student's pronouns", *NPR*, April
20, 2022, https://www.npr.
org/2022/04/20/1093601721/
shawnee-state-university-lawsuit-
pronouns.

밝혔다. 약자의 존재를 부정하지 말아 달라는 요청이
자신의 '자유'를 제한한다는 말…. 어디선가 많이 들어본
주장이다. 예를 들어 미투 운동 이후로 무서워서 작품
활동을 못 하겠다는 사람들에게 말이다.

실제로 많은 트랜스젠더들은 자신의 젠더 표현을 존중받지
못하는 데 지나치게 익숙하기 때문에 인내심이 많고
상대방이 노력이라도 하는 티가 나면 너그럽게 넘어가는
편이다. 예를 들어 they 대명사를 사용하는 미국의 푸드
저널리스트 랙스 윌Rax Will은 친척들을 만나는 자리에서
누군가가 반복해서 자신을 she라고 부르길래 "또 그러시면
지금 만들고 있는 칵테일 안 드릴 거예요"라고 말하며 그
사람을 놀렸다고 한다. 그로부터 몇 달 후, 시크릿 산타
선물을 주고받기 위해 다시금 모인 자리에서 그 친척이
자기의 산타라는 걸 알게 되었고, 그날 받은 선물은 친척이
손잡이를 직접 깎아 만든 단도였다. 이 사건에 대해 윌은
이러한 결론을 내렸다. "크리스마스 선물로 칼을 줄 정도로
제 젠더를 이해하는 사람은 대명사를 틀린 다음 죄책감에
휩싸여서 구구절절한 사과문을 보내고 제가 자길 위로해
주길 바라는 시스젠더보다 훨씬 낫죠."[37] 알맞은 대명사를
사용하는 건 트랜스젠더를 존중하는 여러 방식 중 하나일
뿐이다. 한국어처럼 대명사를
굳이 쓰지 않는 언어도 있으니
더더욱.

[37] 팟캐스트 〈Gender Reveal〉,
"BONUS: Rax Will is one of the
guys", 2024.01.10.

2.

그렇지만 친구가 말한, 트랜스젠더의 존재를 알게
되고부터 어떻게 사람을 묘사해야 할지 까마득해져 동물
얘기만 쓰게 된 사람과 트랜스젠더의 존재를 인정하는 게
자신의 '표현의 자유'를 억압한다고 생각하는 사람이 같은
태도를 가지고 있을 것 같지는 않다. 서로 다른 입장에서
'대명사 문제', 또는 트랜스젠더가 존재하는 세상을
살아가야 하는 문제(!)를 마주하고 있을 거라고 생각하고
싶다.

우선 창작자가 '외모만 보고 성별 대명사를 정하면
안 된다'고 느끼게 된 것은 젠더 표현과 성별이 항상
일치하지는 않는다는 걸 깨달았기 때문일 것이다. '내가
보기에 남자인데 알고 보니 they 대명사를 쓰더라' 같은
경우나, '내가 보기에 여자인데 대명사는 he였다' 같은
일을 겪거나 들었을 테다. 이렇게 누군가의 젠더 표현과
성별이 불일치하는 건 꼭 트랜스젠더가 아니더라도 젠더
역할에 순응하지 않는 모든 이가 겪는 일이다. 그렇지만
이래도 실례고 저래도 실례인 것 같아서 난감해진
시스젠더 친구들, 그들을 위해 한 사람의 트랜스젠더로서
입장을 적다 보니 떠오르는 것은 나를 비롯한 수많은
트젠의 모태이자 좀 더 정확히 말하자면 2010년대 영미
문화권에서 청소년기를 보낸 각종 인디키즈의 자아 형성
및 인정투쟁의 장이었던 블로깅 플랫폼 텀블러Tumblr에

돌아다니던 한 스레드다. 거칠게 요약하자면 이렇다.

블로거 1: 외모만 보고 처음 만나는 사람의 성별이나 성적 지향을 판단하지 말란 말이야 이 바보 멍청이들아!!!
블로거 2: 너나 그렇게 해라… 나는 딱 보면 내가 무슨 젠더고 누구랑 어떻게 섹스하는지 알아보라고 이러고 다니니까.

이 스레드를 처음 읽었을 때 나는 대학교 기숙사 침대에 누워 가슴팍에 노트북을 올려놓고 하염없이 인터넷 세계를 유영하고 있었다. 그때 나는 근미래에 나에게 거북목이 생길 줄도, 내가 트랜스젠더로 살게 될 줄도 몰랐으며 이런저런 수업을 통해 처음으로 오프라인 세계에서 트랜스젠더인 사람을 만난 후 혼란을 겪고 있었다. 번역 이론 수업을 같이 듣는 A는 내가 보기에 여자인데 they 대명사를 썼다. 경제인류학 수업을 같이 듣는 B는 내가 보기에 남자인데 ze 대명사를 썼다. 그… 그렇구나. she 또는 he 말고도 또 뭔가가 있었구나. 생김새로 단정 지으면 안 되는구나. 여자나 남자, 둘 중 하나가 아닌 사람들이 존재한다는 사실은 나에게 당혹감과 피로를 안겨주었다. 나는 여자로 사는 게 싫지만 이렇게 태어난 이상 달리 방법이 없는 줄 알았는데, 그건 다 내가 뒤처져서 그런 걸까? 자기혐오가 일상인 유교문화권 보수 기독교 집안

피식민자로 자라서? 사실 정말 진보적이고 열려 있는 사람이라면 누군가를 처음 만났을 때 순식간에 용모를 스캔한 다음 '음, 여자' 또는 '아, 남자'라고 무의식적으로 구분하는 작업을 유보하고 그 사람이 자신을 소개할 때까지 기다릴 줄 알아야 하는데? 그렇구나… 나는 그런 것도 모르고 살았구나. 그런 생각을 굴리며 스스로에게 새로운 가능성을 쥐여주고 정신을 개조하던 시기에 이 스레드를 보게 된 것이다.

나는 '외모만 보고 판단하지 말라'는 블로거의 분노에 함께 봉기하고 싶어졌고 두 번째 블로거의 반론에는 침대에서 벌떡 일어나 무릎을 쳤다. 아무리 '탈이분법'적으로 젠더를 표현하는 사람들이더라도 결국에는 사람들이 자신을 '이상한 사람'으로 알아볼 수 있도록 꾸미고 있었고, 그건 나의 지향점이기도 했으니까. 이 두 입장이 꼭 대립되는 것만은 아니란 걸 깨닫기까지 또 한참이 걸렸다.

영미권 성소수자 문학의 고전인 소설 《스톤 부치 블루스Stone Butch Blues》의 작가이자 풀뿌리 활동가였던 레슬리 파인버그Leslie Feinberg는 2003년 성소수자 매체 〈Camp〉와의 인터뷰에서 자신의 성정체성을 이렇게 묘사했다. "저는 여성의

38 나는 파인버그가 자신이 "여성의 몸을 가지고 있다female bodied"고 한 말이 무슨 뜻인지는 알지만 그에 동의하지는 않는다. 그가 서구의 현대 의학이 '여성'의 것이라고 명명한 몸을 가지고 있었더라도, 여성의 몸이란 무엇이고 남성의 몸은 무엇인지, 그 정의와 분류법이 시대, 장소, 인종, 장애 유무 등에 따라 변화해 왔음을 역사는 증명한다.

몸을 가지고 있으며female-bodied[38] 부치 레즈비언이고, 트랜스젠더 레즈비언입니다. 저를 she/her로 지칭하는 것은, 특히 비트랜스젠더 환경에서 적절한 일입니다. 이러한 환경에서 저를 'he'라고 부르는 건 저의 출생 시 성별birth sex과 젠더 표현 간의 사회적 모순을 해소하는 듯하면서 제가 표현하고 있는 트랜스젠더성은 보이지 않게 만들 테니까요. […] 저는 ze/hir이라는 젠더 중립적 대명사를 선호합니다. 곧 만나게 될, 또는 방금 만난 사람의 젠더, 성별, 성적 지향이 무엇인가에 대한 가정을 붙들고 있지 못하게 하기 때문입니다. 그리고 모두가 트랜스인 자리에서는 저를 he/him으로 부르는 것이 저의 젠더 표현을 존중하는 일입니다. 저의 자매인 드래그퀸들을 she/her라고 부르는 것이 그녀들을 존중하는 일인 것처럼요."[39] 또한 파인버그는 "어느 대명사로 불리는지 신경을 쓰긴 하지만, 잘못된 대명사를 쓰면서 나를 존중해 준 이들도 있고 알맞은 대명사를 쓰면서 나를 비하한 사람들도 있다"고 말했다.[40]

파인버그는 1949년 미국에서 태어났고 고등학생 시기 뉴욕주 버펄로 지역에 있는 게이 바에 드나들면서 그의 성정체성이나 섹슈얼리티를 지지하지 않는

39 Bruce Weber, "Leslie Feinberg, Writer and Transgender Activist, Dies at 65", *The New York times*, November 24, 2014, https://www.nytimes.com/2014/11/25/nyregion/leslie-feinberg-writer-and-transgender-activist-dies-at-65.html.
40 Leslie Feinberg, "https://www.lesliefeinberg.net/self/".

원가족으로부터 독립했다. 그가 청소년 성소수자로 살아간 1960년대는 성별에 부합하는 옷을 세 가지 이상 입고 있지 않으면 경찰에 체포되어 마구잡이로 폭행을 당하던 시대였다.[41] 이러한 환경에서 살아온 그의 발언에서 내가 포착하는 심지는, 자신이 성역할에 대한 사회적 통념과 불화하는 사람임을 어떤 대명사로든 매끈하게 덮어버리고 싶지 않다는 마음이다. 곧 만나게 될, 또는 방금 만난 사람의 젠더, 성별, 성적 지향이 무엇인가에 대한 가정을 붙들고 있지 않는 것. 그 사람이 자신을 어떻게 부르길 원하는지 말하기 전까지 기다리는 것. 너는 여자, 너는 남자로 구분 짓고 머릿속의 파일을 탁 닫아버리는 순간의 유예. 물론 범주는 그에 포함된 사람들 간 어떤 공통점을 전제할 수 있기에 유용하다. 그렇지만 그 인식 틀이 유효하지 않은 순간도 온다. 그러한 순간을 '예외'가 아니라 인간 사회 안에 존재하는 여러 차이 중 하나로 받아들이려면, 이분법이라는 인식 틀 자체를 바꿔야만 한다.

'내가 보기에 C인데 알고 보니 D더라' 같은 상황은 인식자의 경험 부족으로 발생하는 오류다. 이제 와 생각해 보면 트랜스젠더가 무엇인지도 잘 몰랐을 때 만났던 트랜스들, '내가 보기에

41 Hugh Ryan, "How Dressing in Drag Was Labeled a Crime in the 20th Century", last modified September 14, 2023, https://www.history.com/news/stonewall-riots-lgbtq-drag-three-article-rule.

여자' 또는 '남자'였던 사람들은 사실 다들 온갖 상징물을 장착하고 스타일을 갖추고 있었다. 그렇지만 당시의 나는 그 상징을 읽지 못했다. 쥐꼬리처럼 기른 뒷머리라든가, 은색 칠이 벗겨져 가는 손톱 같은 것들. 그 학교의 미시 문화, 그 시기 미국의 젠더 표현 데이터베이스를 머릿속에 업데이트해 가면서 나는 그 신호들을 읽고 사용할 줄 알게 되었다. 그러니까 나는 그때까지 주류문화적 젠더 인식 틀 안에서만 그들을 바라봤기에 외모만 보고 젠더나 섹슈얼리티를 헛다리 짚었던 것이고, 그들의 언어에 처음에는 호기심, 차츰 애정을 가지고 끔찍한 한통속이 되어가면서 그들이 누구에게 어떤 젠더/섹스어필을 하고 있는지 알게 되었다.

그래서 트랜스젠더의 존재를 인식하고 나서부터 외모를 묘사하고 대명사 붙이는 일이 어려워졌다는 창작자에게 묻고 싶어진다.

이 이야기에 트랜스젠더 캐릭터가 필요한 이유는 뭔가요? 그 인물에게는 자기가 트랜스젠더라는 게 얼마나 중요하대요?

외모를 묘사하지 않고 트랜스임을 드러내는 방법은 없을까요? '트랜스젠더'가 세상과 관계 맺는 방식임을 생각해 보면, 예를 들어 여고를 나온 인물이 이성애자인 첫사랑과 재회했는데 마음이 싱숭생숭하다거나, 아이가 양육자를 '엄마'나 '아빠'가 아닌 다른 호칭으로 부르는

장면도 가능하잖아요.[42]

그나저나 이렇게까지 트랜스젠더가 신경 쓰인다면… 혹시 당신도 트랜스젠더가 되고 싶은 거 아닌가요?

(진지하게 검토해 보시기 바란다.)

3.

반대로, 한국어 작품을 영어로 번역하다 보면 수시로 인물의 성별이나 대명사를 지정하는 임무가 주어진다. 보통은 이름, 호칭, 다른 인물과의 관계를 통해 성별을 추측할 수 있지만, 성별을 딱히 드러내지 않은 인물을 번역해야 할 때면 영어라는 언어가 참 빡빡하게 느껴진다. 예를 들어, 하나의 한국어 시를 여러 번역가의 영문 번역으로 만나볼 수 있는 웹진 〈초과〉 1호에 참여하기 위해 진은영 시인의 〈달팽이〉를 영어로 옮긴 적이 있다.[43] 이 시[44]에 "동생은 수학 문제를 풀고"라는 행이 있는데, 성별이 특정되지 않은 '동생'을 어떻게 번역해야 할지가 고민이었다. 어머니, 아버지, 그리고 이 '동생'과 살아가는 장소를 "집이 아니야 짐이야"라고 말하는 화자에게 어머니, 아버지는

42 트랜스젠더 인물을 쓸 때 신체를 묘사하기보다 관계를 통해 트랜스젠더성을 드러내 보라는 제안은 Eli Cugini의 글(Eli Cugini, "How To Write About Trans People", https://electricliterature.com/how-to-write-about-trans-people/)에서 참고했다.

43 웹진 〈초과〉 1호를 비롯한 모든 지난 호를 chogwa.com에서 읽어볼 수 있다

44 진은영, 《일곱 개의 단어로 된 사전》, 문학과지성사, 2003년, 41쪽.

통념대로 she, he이리라 짐작할 수 있었지만 '동생'은 수학 문제를 풀고 있다는 것 외에는 정보가 없었다. 영어에는 형제자매를 통칭하는 성중립적 단어 sibling이 있긴 하나, 이 단어는 실제로 동생을 부를 때보다는 주로 공공기관 같은 곳에서 가족관계를 물을 때 쓰인다.[45] 그렇다고 동생을 little sister 또는 brother로 번역하는 건 작가의 의도를 거스르는 일이라고 생각해, 나는 조금 어색하게 느껴지더라도 "younger sibling(화자보다 어린 형제 또는 자매)"이라고 옮겼다. 다른 번역문에서는 '동생'이 "sister, brother"로 등장하기도 했고, grace hs.p 번역가는 "kid sibling"으로 옮겨 호명되는 대상의 나이가 어리다는 점을 드러내면서도 다감한 뉘앙스를 더했다.

작품에서 콕 집어 트랜스젠더라 쓰여 있진 않더라도 트랜스 '끼'가 다분한 인물이 나올 때는 대명사 선정에 좀 더 신중해진다. 일제강점기와 현재를 오가는 한정현 작가의 단편소설 〈우리의 소원은 과학 소년〉에는 식민지 경성의 거리를 남장 상태로 누비며 '아가씨' 호칭을 거부하는 연애소설가 '경준', 우리나라의 첫 서양식 의료기관이었던 제중원에서 간호원으로 일하며 언젠가 의사가 되기를 꿈꾸는 '안나', 그리고 안나의 동료이자 일터 바깥에서는 여장을 하고 남자와 키스하는 '수성'이 등장한다. 트랜스젠더라는

45 성별 중립적 언어가 좀 더 널리 쓰이게 된 근래에는 친근감이 들도록 'sib'이라 줄여 쓰기도 한다.

개념이 존재하지 않았던 시공간의 인물에 오늘날의
언어를 덧씌우는 것은 시대적 특수성을 덮어버리는
행동이겠지만, 그렇다고 여성 의료원 개원 전단지를
건네는 안나에게 "나, 아가씨 아니야. 나 이름 있어"라고
말하고선 스스로를 국민등록증의 이름인 '경아'가 아니라
'경준'이라고 소개하는 사람을 'she'로 지칭할 수는 없다고
판단했다. 그렇다면 경준을 'he'라고 부르는 게 좋을까?
경준이 자꾸만 안나의 퇴근 시간에 맞춰 제중원을
찾아가면서 안나와 경준은 점점 친밀해지고, 안나는 그가
남성으로 살아가고 싶어 하는 것을 알게 된다. 그러나
경준을 처음부터 he라고 지칭한다면 레슬리 파인버그가
자신이 he 대명사를 쓰지 않는 이유에 대해 말했듯, 경준이
언제나 '변태성욕자'로 체포될 가능성 안에서 살아가고
있는 사람이라는 것을 지우게 될 터였다. 그래서 선택한
대명사가 they였다.

메리엄웹스터 사전에 의하면 they는 1300년대부터
성중립적 단수형 대명사로 쓰여왔고, 오늘날에도 일상적
대화와 공식 문헌에서 단수형 대명사로 쓰이고 있다.[46]
SF 작가 어슐러 르 귄 또한 셰익스피어도 they를 성중립적
단수 대명사로 사용했다는
점을 언급하며 he가 기본형
대명사라는 통념은
16, 17세기부터 통용된 "가짜

46 "Singular 'They'", Merriam-
Webster, 2019, https://
www.merriam-webster.com/
wordplay/singular-nonbinary-
they.

규칙"이라고 지적한다. 르 귄은 he를 보편적 대명사로
사용하고 무성無性인 they를 금지하는 것은 남성만이
인정받아 마땅한 성이라는 관념을 강화한다고 지적하며,
자신은 의도적으로 they를 기본형 대명사로 사용한다고
밝혔다. "나는 내가 가짜일 뿐만 아니라 악의적이라고
여기는 규칙을 꾸준히 어긴다. 나는 내가 무엇을, 왜
하는지 잘 알고 있다."[47]

그렇지만 트랜스젠더 감수성이 조금이라도 있다 싶은
영역에서는 they라는 대명사가 무성이 아니라 특정한
'중성적' 외모를 추구하는 이들이 주로 활용하는 대명사로
굳어지고 있는 것도 사실이다. 예를 들어 이마가 시원하게
드러나는 '스포츠 커트' 헤어스타일에 알록달록한 반소매
셔츠를 입고 색조 화장은 일절 하지 않은 듯 보이는, 알
만한 사람들은 딱 보면 최소 부치 또는 젠더퀴어라고
생각할 만한 미국의 스탠드업 코미디언 아이린 투Irene Tu는
무대에 올라 이렇게 자신을 소개한다. "제가 쓰는 대명사는
she/her예요…. 많은 사람들이 저에게서 big they energy를
느끼긴 하지만요." They 대명사를 쓰는 모두가 이런
스타일로 자신을 꾸미는 건 아니지만, 레즈비언 수행과
일말의 접점이라도 있는 사람들 사이에서 they란 과거에는
부치 개념으로 포섭되었을 법한 미감과 연결된다는 것을
부정할 수 없다. 젠더퀴어로
커밍아웃한 스탠드업 코미디언

47 Ursula Le Guin, 《Steering the
Craft》, Mariner Books, 1998.

해나 개즈비Hannah Gadsby, 젠더 수행성 개념을 창시한
철학자 주디스 버틀러, 그리고 K-코리안 대표 Q-성 해방
슈퍼스타 이반지하…. 꼭 '추구미'만을 이유로 they를 쓰는
건 아니겠지만 말이다.

오늘날 they 대명사가 어떤 '이미지'로 굳어진 것과
별개로, 이 대명사를 과거를 배경으로 한 소설 속 인물에게
사용하며 기억하려던 것은 그를 내가 '정의할 수 없다'는
점 때문이었다. 이건 19, 20세기 미국에 살았던 젠더
비순응적 인물에 대한 아카이브 연구에서 시인 겸 연구자
캐머론 어쿼드리치가 이들을 they 대명사로 지칭한
이유와 가장 유사하다. "역사 속 인물의 성정체성을 알고
있다고 가정하는 대신, 나는 […] '둘 다, 그리고 어느
쪽도 아닌'을 뜻하는 단수 대명사 they를 쓴다. 이로써
그들의 정체성을 재지정하거나 고치려는 것도, 그들이
살아간 역사적 맥락을 탈각시키려는 것도 아니다. 하지만,
오히려 — 나는 사학자가 아니라 시인이므로 — 이 언어를
통해 다중성, 비고정성, 그리고 이분법에 들어맞지 않는
삶, 말하자면 제약을 넘어서는 무언가를 고집하고자
한다."[48]

〈우리의 소원은 과학 소년〉에 등장하는 또 다른
트랜스젠더적 인물, 수성의 대명사는 s/he와 hir로 정했다.
수성은 앞서 말했듯 일터
밖에서는 여장을 하는 사람인데,

[48] Cameron Awkward-Rich, 《The
Terrible We》, 35쪽.

271

언젠가는 성별을 정정하고 사랑하는 남자와 어디서든 키스하며 살고 싶어 한다. 수성도 경준처럼 they 대명사로 부를 수 있었지만, 같은 소설 안에서도 트랜스젠더의 다양한 삶의 방식이 존재한다는 걸 대명사로도 나타내고 싶었다. s/he라는 대명사는 he 대명사가 기본형으로 쓰이는 것에 대항해 'she' 또는 'he'라는 의미로 쓰이기도 하나, she라는 단어에 시각적으로 금을 낸 상황과 사람에 따라 달리 읽힐 수 있음을 강조하고 싶었다. Hir는 눈으로 보기에 him과 her를 조합한 모양이지만 소리 내 읽을 때는 여성대명사 her와 발음이 같다. 이렇게 두 대명사에서 모두 수성의 지향점(여성으로 인식되는 것)을 드러내되 수성은 주위 사람들에게 남성으로도, 여성으로도 읽힐 수 있음을, 그리고 이것이 때로는 수성이 의도한 바이고 때로는 그렇지 않을 것이라는 점을 반영하려 했다.

그렇지만 이런 방식으로 트랜스젠더성을 시각적으로 도드라지게 한 것이 좋은 선택이었을까? 지금도 여러 생각이 든다. 수성이라면 '적당히 해라, 내가 내 한 몸 못 챙기겠니?'라며 진저리를 칠지도 모르겠지만.

4.

라틴어에서 유래한 접두사 'trans'는 '너머' '가로질러' '통하여' 또는 '다른 쪽에 있는' 등을 뜻하며 '어떤 언어로 된 글을 다른 언어의 글로 옮기다'라는 뜻의 translate,

'변형하다'를 의미하는 transform, '이식하다'를 뜻하는
transplant, '(다른 상태, 조건으로) 이행하다'는 뜻의
transition, '투명한'이란 뜻의 transparent, '초월하다'라는
뜻의 transcend, '성전환의, 트랜스젠더의'를 뜻하는
transgender에서 발견할 수 있다.[49]

돌이켜 보면 나는 번역이라는 과정을 통해 가장 먼저
트랜지션해 왔다. 누군가가 나에게 번역을 의뢰하고 내가
그 대가로 돈을 받게 되기 수년 전, 정확히는 원가족과
미국으로 이사했던 아홉 살 때부터 나는 나 자신을 새로운
언어로 발명해야 했다. 그때 나는 나에게 첫 언어를 준
할머니 할아버지와 엄마 아빠와 운동장을 달리던 친구들과
일요일 아침마다 방영되는 만화 프로그램을 같이 보면서
간장계란밥을 먹던 동생과 가지색 웃옷을 입은 선생님과
붕어빵 트럭 아저씨와 화단에서 잡초를 솎던 아주머니와
동화책 속 곰과 나무, 돌과 마법사, 당찬 소녀와 겁에 질린
사자를 떠나 새로운 언어 세계에 들어섰다. 처음으로 간
미국에서 모래로 된 운동장이 아닌 까만 시멘트 위에서
빨간 고무공을 던지는 아이들, 들통만 한 플라스틱
우유 통을 한 손에 들고 집에 가는 어른들을 오랫동안
지켜보았다. 당시 우리 가족은
아버지가 얻어낸 해외 연수
기회로 캘리포니아에 살기
시작한 참이었고 나는 그곳으로

49 Translate의 정의는
표준국어대사전에 실려 있는
'번역하다'의 풀이다. 이외의 모든
정의는 옥스퍼드 영한사전을
참고했다.

273

이사하고 한 달간은 학교에서 아무 말도 하지 않았다.
내가 새로운 언어로도 말할 수 있다는 걸 알게 된 건
영어 수업 시간에 사전을 만들자고 제안한 3학년 담임
선생님 덕분이었다. 구불구불한 오렌지빛 머리칼이
어깨까지 내려오던 선생님은 아이들에게 배우고 싶은
말이 무엇인지 물었고 우리 반 모두에게 내가 '피구'와
'나비', '2층 침대'와 '노래'가 한국어로 무엇인지 가르치게
했다. 내가 공책에 알파벳을 그리는 것처럼 다른 아이들도
'우리 반 사전' 공책에 한글을 그렸다. 나에게 이미 언어가
있다는 걸 상기시킨 선생님 때문에 나는 그날부터
더듬더듬 새로운 언어로도 말하게 되었다.
미국에서 3, 4학년을 보내고 다시 한국으로 돌아왔을 때
나는 내 안에 한국어로 말하는 목소리와 영어로 말하는
목소리가 있다는 걸 알았다. 그렇지만 이제 나와 영어로
이야기하는 사람들은 책에만 있었고, 학교에서 영어책을
읽는 건 '잘난 척'으로 받아들여졌다. 다시 가족 아닌
사람들과 한국말로 떠들고 한국어책을 많이 읽게 된
건 좋았지만, 일기장에 갇힌 영어 목소리는 답답해하고
있었다. 이 시기 나는 처음으로 타인의 목소리를 번역하고
싶다는 충동에 사로잡혔다.
그 목소리는 여름방학을 맞아 할머니 댁에서 지내던
시기에 읽기 시작한 영어책에 있었다. 그 책에서는
어느 말썽꾸러기 5학년이 수업 시간에 단어 하나하나가

어디에서 왔는지를 선생님에게 캐묻는다. 수업을 훼방 놓는 아이에게 선생님은 질문에 스스로 답해보라는 숙제를 내주고, 아이는 꾸역꾸역 조사를 하면서 사전 속 모든 단어는 사람들끼리 약속해서 정한 이름이라는 것을 알게 된다. 그래서 길을 걷다 땅에 떨어져 있는 어느 반짝이는 펜을 보고 앞으로는 펜을 '프린들'이라고 부르기로 마음먹는다. 이 신조어는 같은 반 아이들에게, 나아가 전교생에게 퍼지기에 이른다. 담임 선생님과 교장 선생님은 '펜' 대신 '프린들'이라는 단어를 쓰는 아이들에게 벌을 주지만, 새로운 말이 들불처럼 번지는 것을 막을 수 없다. 에필로그에서, 청소년이 된 아이는 담임 선생님에게 편지와 함께 최신판 사전을 한 권 선물받는다. 그 사전에는 '프린들'이라는 단어가 등재되어 있다.[50]

길 건너로 논과 밭이 보이는 침실 창틀에 올라앉아 종일 이 책을 읽었던 나는 빨리 다른 아이들에게 우리가 언어를 바꿀 수 있다는 걸 알리고 싶었다. 펜이 꼭 '펜'일 필요는 없다는 것을, 같이하기로 마음먹는다면 어떤 이름이든 바꾸고도 남는다는 것을. 영어와 한국어로 읽고 쓸 수 있는 나의 쓸모를 그때 처음 알았다. 영어 시간에 "야, 이거 읽어봐" 하고 쿡쿡 찌르는 선생님이나 아이들에게 대답함으로써 누군가는 영영 말하지 못하게 만드는 역할을

50 우리나라에서는 2001년 《프린들 주세요》라는 제목으로 번역 출간되었다. 글쓴이는 앤드루 클레먼츠, 옮긴이는 햇살과나무꾼, 출판사는 사계절이다.

나는 하고 싶었던 적이 없었다. 나는 같이 떠들고, 재밌는 일을 벌이고 싶었다.

《프린들》을 번역해 보려고 했던 날, 읽을 때면 다음 페이지로 금세 내달리던 눈이 번역을 하려니 단어 하나하나에 머무른다는 걸 알게 됐다. 어떤 구절은 존댓말로 해야 할지 반말로 옮겨야 할지 난감했고, 공책에 적은 문장은 내가 들었던 목소리와는 어딘가 좀 달랐다. 그렇게 한 페이지를 겨우 번역했는데 이 책은 백 페이지가 넘는다는 걸 깨닫고 나중을 기약했다. 그날로부터 수년 후 관광객 신분으로는 처음 방문한 미국에서 나는 다시금 번역하고 싶다는 충동을 불러일으키는 책을 만났다. 처음에 그 에세이집을 집어 든 건 순전히 저자 이름 때문이었다. sung. 아마 아시안, 어쩌면 그중에서도 한국인. 뒤표지를 보니 삭발한 모습의 저자 사진 아래 이런 문장이 쓰여 있었다. "성은 일리노이에 살고 있는 바이링구얼 한국계 이민자이다. 그의Their 에세이와 시는 다음과 같은 잡지에 실렸다." Their라는 단어에서 나는 이 작가가 트랜스젠더일지도 모른다는 가능성을 읽었다. 벼락을 맞은 것 같았다. 번역 후기에도 썼듯, "그 짧은 소개문에서 나는 나 같은 사람이 존재할 뿐만 아니라 자신의 가능성을 확장하며 살아갈 수 있다는 걸 확인했다". 폭력과 중독, 지독한 애착과 해리를 오가며 트라우마와 함께 살아가는 성의 이야기에서 나는 내가 그동안 한국 뉴스나 책에서 접했던 '성실하게 일해 미국 사회의 일원이 된 이민자' 서사에 없는 진실을 보았다. 그 진실의 가치를 알아봐 준 미디어일다 출판사 덕분에 이 책은 2020년 《남은 인생은요?》라는 제목으로 번역 출간될 수 있었다.

《남은 인생은요?》에서 성은 자신의 트랜스젠더성을 공표하지는 않는다. 나는 그가 경험한 폭력이 여성혐오뿐만 아니라 트랜스혐오에 기반한 것이라고 이해하지만, 성은 이 점에 대해 독자 스스로 판단하도록 여백을 넓게 남겨두었다. 번역 후기를 쓰던 중 내가 그의 성정체성에 대해 묻자 성은 이런 답변을 보내왔다. "저는 모든 성정체성 용어를 거부합니다. 제가 가장 잘 '읽혔다'고 느끼는 상황은 상대방이 저를 전혀 읽지 못했을 때입니다. 단골 식당에서 제가 제일 좋아하는 서빙하는 직원분은 저를 만날 때마다, 심지어는 식사 도중에도 저에 대한 인식을 바꾸면서 he, she 대명사를 번갈아 씁니다. 그녀는 친절하고, 저를 따뜻하게 대해주죠. 저에게는 이것이야말로 이상적인 상황입니다. 제 몸이 공공장소를 이동해 가면서 그 공간의 구조fabric를 흐트러트리는 것. 저는 젠더퀴어나 트랜스젠더, 논바이너리라는 말로 불리고 싶지 않습니다. 그보다는 제가 우리에게 공통적으로 지정된 언어를 거부하는 동료 여행자라고 말하고 싶고, they 대명사를 사용하는 건 제가 이 '거부'를 수행하는 방식 중 하나입니다. 언어는 만들어지는 것이기도 하지만 지정되는 것이기도 하며, 우리는 매일 소소한 협상을 하면서 서로 연결되기 위해 지정된 언어를 받아들입니다. 그렇지만 누구도 타인의 가장 사적인 진실까지 알 수는 없습니다."[51] 번역, 그리고 트랜스젠더라는 행위는 딱 맞는 언어, 딱 맞는 젠더 같은 건 없는데도 이어지는 몸짓이다. 그래서 '○○를 번역하기란 불가능하다'는 말이나 '트랜스젠더는 가짜다' 같은 말에 이제는 미소가 떠오른다.

번역에 대해, 트랜스젠더하는 것에 대해 말할 때 다른 사람들을 인용하지 않고 말하는 법을 나는 영원히 터득하지 못할 것이다. 이 자리에 자꾸만 더 많은 사람들을 초대하고 싶기 때문이다. 왜 나는 텍스트로 만난 존재들에 대해 이렇게 오랫동안 생각하는 걸까? 왜 매번 경계에서 사는 사람들, 땅에 발붙이지도 세상살이를 초월하지도 못한 존재들에게 매혹되는 걸까? 우리는 서로를 깊이 알지 못하는데도 서로에게 파고들고, 목소리를 이식하고, 기어코 서로를 변형한다. 트랜스 트랜스, 이건 결국 내가 당신과 뒤엉키고 우리를 오염시키겠다는 약속이다.

51 성, 《남은 인생은요?》, 호영 옮김 (미디어일다, 2020년), 316쪽.

전부 취소

발행일 × 2024년 7월 1일 초판 1쇄
지은이 × 호영
편집 × 최은지·김준섭·이해임
표지 디자인 × 박서우
본문 디자인 × 남수빈
조판 × 박서우

펴낸곳 × 인다
펴낸이 × 김현우
등록 × 제2017-000046호. 2015년 3월 11일
주소 × (04035) 서울시 마포구 양화로11길 68 다솜빌딩 2층
전화 × 02-6494-2001
팩스 × 0303-3442-0305
홈페이지 × itta.co.kr
이메일 × itta@itta.co.kr

ISBN 979-11-93240-28-1 03810

책값은 뒤표지에 있습니다. 잘못된 책은 구입하신 서점에서 바꿔 드립니다.